Un pacto con el jefe

RED GARNIER

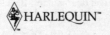
HARLEQUIN™

Editado por HARLEQUIN IBÉRICA, S.A.
Núñez de Balboa, 56
28001 Madrid

I.S.B.N.: 978-84-671-9098-4
Depósito legal: B-39107-2010
Editor responsable: Luis Pugni
Preimpresión y fotomecánica: M.T. Color & Diseño, S.L.
C/ Colquide, 6 portal 2 - 3º H. 28230 Las Rozas (Madrid)
Impresión y encuadernación: LITOGRAFÍA ROSÉS, S.A.
C/ Energía, 11. 08850 Gavá (Barcelona)
Fecha impresion para Argentina: 6.6.11
Distribuidor exclusivo para España: LOGISTA
Distribuidor para México: CODIPLYRSA
Distribuidores para Argentina: interior, BERTRAN, S.A.C. Vélez
Sársfield, 1950. Cap. Fed./ Buenos Aires y Gran Buenos Aires,
VACCARO SÁNCHEZ y Cía, S.A.
Distribuidor para Chile: DISTRIBUIDORA ALFA, S.A.

Capítulo Uno

Estaba dispuesta a rogarle.

Virginia Hollis se estremeció. Se rodeó a sí misma con los brazos y miró a través del cristal trasero del Lincoln negro mientras recorría las calles oscuras de Chicago. La gente paseaba por el barrio, con las manos en los bolsillos y las cabezas agachadas para proteger el rostro del viento frío. Los hombres hablaban por sus teléfonos móviles; las mujeres luchaban con las bolsas de la compra. A simple vista parecía una noche normal.

Pero no lo era. No podía serlo.

Porque el mundo de Virginia había dejado de girar.

Los hombres que habían llamado a su puerta aquella mañana le habían dado un mensaje, y no se trataba de un mensaje agradable.

Tomó aliento y observó el vestido negro y los delicados zapatos de tacón que llevaba en los pies. Resultaba importante parecer guapa; no sólo respetable, sino sofisticada y noble, porque el favor que iba a pedir era cualquier cosa menos eso.

Y no se le ocurría nadie más que él a quien poder pedírselo. Sólo pensar en humillarse delante de él de aquella manera hacía que el estómago se le encogiera.

Nerviosa, tiró del collar de perlas que adornaba su cuello e intentó concentrarse de nuevo en la ciudad.

Las perlas resultaban suaves bajo sus dedos, genuinas y antiguas, lo único que Virginia había conseguido salvar de las pertenencias de su madre.

Su padre lo había perdido todo.

Apuesta tras apuesta había perdido los coches, las antigüedades, la casa. Virginia lo había observado con una mezcla de impotencia y de rabia. Había amenazado, gritado, rogado, pero siempre en vano.

No había manera de detenerlo. No había forma de detener el juego.

Y ya no le quedaba nada.

Nada salvo ella.

Y Virginia no podía ignorar a aquellos hombres; la amenaza que representaban. La amenaza que habían dejado clara de forma tan sucinta. No importaba lo mucho que ella desaprobara las acciones de su padre, ni las veces que se hubiera prometido a sí misma no hablar nunca más con él del tema mientras él continuara jugando. Al fin y al cabo era su padre. Su única familia.

Durante una época había sido un hombre de negocios. Respetado e incluso admirado. Ahora le entristecía pensar en lo que se había convertido.

Virginia no sabía cuánto debía. Prefería no saberlo. Sólo sabía que había llegado a un acuerdo con aquellos tres hombres esa mañana. Tenía un mes para reunir cien mil dólares, y durante ese tiempo dejarían a su padre en paz.

Ni en sus sueños más salvajes Virginia se hubiera creído capaz de reunir semejante suma de dinero, y mucho menos en tan poco tiempo. Pero aunque ella no podía, Marcos Allende sí.

El vello se le erizó al pensar en él. Su jefe era un

hombre tranquilo y devastadoramente guapo. Algunos decían que tenía un don; su toque era como el del rey Midas. Aunque sólo hacía un año que Virginia era su secretaria; una de las tres, pues parecía que una sola no era capaz de soportar la tarea de tenerlo como jefe, durante ese tiempo lo había conocido lo suficiente como para estar de acuerdo con su fama.

Era un hombre fuera de contexto.

Era atrevido, despiadado y orgulloso. Él solo había encontrado, comprado y arreglado empresas en problemas, y había creado un imperio. Inspiraba respeto y admiración entre sus amigos y miedo entre sus enemigos. A juzgar por el abrumador número de llamadas que recibía de la población femenina de Chicago, Virginia sabía que lo adoraban. Y en ella misma aquel hombre inspiraba cosas que prefería no analizar.

Cada mañana cuando ella entraba en su despacho, él la estudiaba con aquella mirada oscura y desafiante, y alteraba cada célula de su cuerpo con la intimidad de sus ojos. Ella siempre intentaba actuar de manera profesional, no apartar la mirada cuando él se quedaba mirándola durante demasiado tiempo. Pero era como si sus ojos pudieran desnudarla, como si hablaran en silencio, y provocaban en su mente visiones ardientes sobre él. Aun así aquella noche iba a verlo con un único propósito, y se recordó a sí misma que la visita a su guarida a esas horas de la noche podría no ser bien recibida.

El estómago le dio un vuelco cuando el coche se detuvo frente a uno de los edificios de apartamentos más lujosos de Chicago, ubicado en la avenida Michigan. Un hombre de uniforme abrió la puerta.

Virginia murmuró un agradecimiento, salió del

coche y entró en el edificio con una calma inquietante que ocultaba sus emociones.

–El señor Allende está esperándola.

Había un ascensorista esperándola. Introdujo una tarjeta en la ranura, pulsó el botón marcado con la letra A y salió del ascensor tras hacer una reverencia.

–Buenas noches, señorita.

Las puertas se cerraron y Virginia se quedó mirando su propio reflejo borroso.

«Oh, Dios, por favor, que me ayude. Haré cualquier cosa», pensó.

Varios segundos después las puertas volvieron a abrirse en el ático; una sala amplia con puerta negras de granito, tenuemente iluminado y profusamente amueblado. Las paredes podían haber estado forradas con billetes y dejaban claro el patrimonio del dueño.

Virginia entró en la sala y su vista aterrizó en él. Estaba de pie junto a la barra situada al otro extremo del salón. Alto, moreno, distante. Miraba hacia la ventana, y su espalda ancha llenaba por completo los hombros de su chaqueta. El corazón le dio un vuelco al dar otro paso hacia delante; el sonido de sus tacones sobre el suelo de granito intensificaba el silencio.

–Espero que hayas tenido un trayecto agradable.

–Así es. Gracias por enviar un coche, y por recibirme sin mucha antelación –contestó ella.

Con inquietud creciente, Virginia avanzó hacia el salón y tropezó con la alfombra persa. Él no se dio la vuelta.

Allí estaba ella, en su apartamento, dispuesta a enfrentarse a aquel hombre atrevido y viril con el que había fantaseado. Dispuesta a rogarle.

No importaba que Virginia tuviera una vida de

éxito, que intentaba cumplir a rajatabla. No importaba que hubiera pagado sus facturas a tiempo ni que hubiera intentado mantenerse alejada de los problemas. No importaba nada salvo lo que había que hacer. Salvar a su padre.

Podría haber jurado que Marcos le había leído el pensamiento, pues susurró:

–¿Tienes algún problema, Virginia? –aun así no se apartó de la ventana, como si estuviese hipnotizado por las luces de la ciudad.

–Eso parece.

–¿Y has venido a pedirme ayuda?

–Necesito tu ayuda, Marcos.

Por fin se dio la vuelta y Virginia se quedó inmóvil bajo el poder de su mirada oscura.

–¿Cuánto?

El corazón se le aceleró. Su rostro era tan masculino, y había algo tan perverso en él, que una parte de ella lo encontraba excitante y aterrador al mismo tiempo.

Marcos deslizó la mirada lentamente por su cuerpo hasta que Virginia no pudo resistirlo más. Levantó la barbilla con orgullo, aunque el modo en que retorcía las manos frente a ella no resultaba muy convincente.

–No… no espero nada gratis. Quería hablar contigo sobre un posible adelanto. Un préstamo. Tal vez podría trabajar más para ti. Encargarme de proyectos especiales.

Marcos entornó los párpados al fijarse en sus labios.

–Estás muy guapa esta noche, Virginia.

La seducción de sus palabras hizo que el corazón se le encogiera. Luchó contra aquella sensación diciéndose a sí misma que era un hombre sexy y viril, y que debía de mirar a todas las mujeres así. Cuando la miraba, hacía que se sintiera como la mujer más sexy del planeta.

–Estoy intentando reunir… –hizo una pausa y convocó todo su valor–. Estoy intentando reunir cien mil dólares. ¿Puedes ayudarme? –le preguntó, y agachó la cabeza. Mientras hablaba se sentía tan barata, tan humillada por tener que pedir dinero…

–¿Es eso todo lo que necesitas? –preguntó él. Como si no fuera nada. Una suma insignificante. Y para él, con todos sus millones, sin duda debía de serlo.

–¿Y puedo preguntar para qué necesitas el dinero?

Ella lo miró y negó con la cabeza. No podía soportarlo.

–¿No quieres decírmelo? –preguntó Marcos con una sonrisa inquietante.

–Si no te importa –murmuró ella. Tiró del dobladillo del vestido hacia abajo cuando la mirada de Marcos se posó en sus piernas–. ¿No hay nada que pueda hacer por ti a cambio de ese préstamo?

Él se carcajeó. Virginia no creía haberlo escuchado reír antes.

Marcos dejó su copa en la barra y señaló hacia los sillones de cuero.

–Siéntate.

Ella se sentó. Tenía la espalda rígida mientras lo veía moverse por la sala.

–¿Vino?

–No.

Sirvió dos copas de igual modo. Sus manos se movían con suavidad; demasiada suavidad para pasar inadvertidas.

–Toma –le dijo mientras le ofrecía una de las copas.

Ella agarró la copa y se quedó mirando una escultura de bronce, intentando no respirar por miedo a lo que su aroma pudiera provocarle. Olía tan bien. Mantuvo la respiración hasta que por fin Marcos se sentó en el otro sillón, frente a ella.

Cuando estiró los brazos por detrás de él, hizo que el sillón pareciese pequeño. Bajo su chaqueta llevaba la camisa desabrochada por el cuello, lo que le proporcionaba una visión de su piel bronceada y de una cruz dorada.

Deseaba tocarlo. Se preguntaba cómo sería esa piel bronceada bajo sus dedos, si su cruz estaría fría o caliente...

De pronto sintió su mirada, alzó la barbilla y sonrió.

Marcos arqueó una ceja, abrió su mano y la señaló.

–No estás bebiendo.

Virginia dio un respingo y obedeció.

–Está... bueno. Muy bueno.

–¿Alguna vez te he mordido?

Virginia estuvo a punto de atragantarse con el vino. Parpadeó y luego vio su sonrisa. Una sonrisa sensual.

–Entiendo que esto es difícil para ti –dijo él.

–No. Quiero decir, sí. Lo es.

Marcos dejó su copa, se cruzó de brazos y se recostó como si se dispusiera a ver una película.

–¿No confías en mí?

¿Confiar en él? Lo respetaba. Lo admiraba. Estaba asombrada con él y, debido a su poder, le tenía un poco de miedo. Y tal vez confiara en él. Por lo que había visto, Marcos había demostrado ser un campeón para su gente. Un león que protegía a sus cachorros. Cuando Lindsay, secretaria número dos, se había pasado meses llorando tras el nacimiento de sus gemelos, Marcos había contratado a un ejército de niñeras y la había enviado a una segunda luna de miel en Hawai con su marido.

Lindsay aún hablaba de Maui.

Y cuando el marido de la señora Fuller murió, la mujer derramó más lágrimas recordando todo lo que Marcos había hecho por ayudar a su familia de las que había derramado en el funeral.

No importaba lo humillante que aquello fuera, lo horrible que fuera su situación, pues sabía que Marcos era firme como una montaña.

Le mantuvo la mirada y respondió con sinceridad.

–Confío en ti más que en nadie.

–Y aun así no me dices qué es lo que te pasa.

–Te diría para qué necesito el dinero si creyese que importa, y te lo diría si ésa fuese la única manera de que me lo prestaras.

Con una expresión más propia de un lobo solitario, Marcos se puso en pie, se acercó a ella y le quitó la copa de la mano.

–Ven conmigo.

Virginia lo siguió por el pasillo abovedado del ático y fue consciente de su formidable presencia.

Marcos abrió la última puerta y Virginia entró en una habitación oscura, avergonzada por su pulso acelerado.

–¿Es tu despacho? –preguntó.

–Sí.

Marcos pulsó el interruptor y se hizo la luz en la sala. Tres de las cuatro paredes estaban cubiertas de estanterías. Había una alfombra turca en mitad de la habitación. Cinco armarios de madera formaban una fila ordenada detrás de su escritorio. Sin adornos. Sin marcos de fotos. Sin distracciones. Resultaba elegante como el resto de su apartamento, con un ordenador último modelo encima del escritorio. Aquel despacho emitía un mensaje muy claro: «sin tonterías».

–Me gusta –dijo ella al entrar. La certeza de que aquél era su espacio privado y personal hacía que se le calentase la sangre. Ansiaba poder organizar las pilas de papeles de su escritorio.

–Sé lo de tu padre, Virginia.

–¿Lo sabes?

Virginia se dio la vuelta y, cuando Marcos entró en la habitación, consiguió lo imposible: hizo que la sala encogiese.

–No puedes sobrevivir en el mundo en el que yo vivo si no estás al corriente de todos los que entran en tu círculo. Tengo un dossier sobre todos los que trabajan para mí, y conozco todos los detalles de sus vidas. Sí, sé lo de su problema.

–Ah.

¿Qué más sabría?

Marcos pasó frente a ella y Virginia tuvo que controlar un escalofrío, como si hubiese sido un viento huracanado.

–¿Por qué no has acudido a mí antes?

–Estoy aquí ahora –respondió ella.

Marcos se detuvo detrás de su escritorio, echó a un lado el sillón de cuero y se inclinó sobre la superficie. Su camisa se estiró sobre sus hombros.

–¿Cómo es de grave?

–Lo del juego va y viene –respondió Virginia. Sonrojada por su escrutinio, se dio la vuelta y se entretuvo con los libros de las estanterías. Pero era como si Marcos hubiera abierto una puerta que amenazaba con estallar con secretos–. Está fuera de control. Sigue apostando más de lo que tiene y más de lo que yo podría ganar.

–¿Ésa es la única razón por la que estás aquí?

Virginia se dio la vuelta, sorprendida por la pregunta. Sorprendida por la respuesta que sintió en el vientre.

Se le entrecortó la respiración.

Su mirada. Era una mirada abierta. Desgarradora. Dejaba ver cierta actitud salvaje, un ansia primitiva que yacía allí, en las profundidades de sus ojos, como una bestia enjaulada.

–¿Ésa es la única razón por la que estás aquí esta noche, Virginia?

Como en trance, Virginia se acercó a su escritorio con piernas temblorosas.

–Sí.

–¿No deseas nada más? ¿Sólo el dinero?

–Nada.

En el fondo de su mente fue vagamente consciente de lo simples que sonaban sus necesidades al decirlas en voz alta. Cuando no lo eran. Eran complicadas. Se habían vuelto feroces con su proximidad. Había perdido la razón y el control.

–¿Me ayudarás? –preguntó al llegar al escritorio, y por alguna razón la petición sonó tan íntima como si le hubiera pedido un beso.

–Lo haré –contestó él con determinación en la voz.

–No espero algo a cambio de nada –dijo ella.

–Te daré el dinero. Pero yo también tengo algunas peticiones.

12

–Lo que sea.

–Hay algo que deseo. Algo que me pertenece. Algo que debo tener o perderé la cabeza por culpa del deseo.

Virginia sintió un escalofrío por la espalda.

No estaba hablando de ella, por supuesto, pero aun así no pudo evitar desear que así fuera.

–Lo… entiendo.

–¿De verdad?

Marcos sonrió y salió de detrás del escritorio. Agarró un globo terráqueo hecho de gemas y lo hizo girar.

–Aquí –sus dedos detuvieron la rotación y señalaron un país incrustado con granito–. Lo que deseo está aquí.

Virginia se acercó para ver el país.

–México –susurró señalando con el dedo.

Marcos deslizó el dedo y se rozaron un instante. Ninguno de los dos se movió. El dedo de Marcos era fuerte y bronceado. El de ella era delgado y pálido. Ambos sobre México. Ni siquiera era una caricia, apenas un roce. Y, sin embargo, ella sintió el contacto en todas las células de su cuerpo.

Marcos giró la cabeza; sus rostros estaban tan cerca que sus pupilas parecían enormemente negras ante sus ojos.

–Voy detrás de Allende –susurró como si estuviese confesando su deseo más profundo.

–¿El negocio de tu padre?

–El negocio que mi padre perdió.

Dejó el globo en la mesa y le acarició la mejilla con el dedo.

–¿Y crees que yo puedo ayudar? –preguntó ella casi sin aliento.

–La dueña la ha dirigido muy mal y me ha llamado para pedirme ayuda –apretó la mandíbula–. Normalmente no puedo resistirme a los débiles, lo admito, pero las cosas son diferentes en este caso. No es mi intención ayudarla, ¿lo comprendes?

–Sí –no lo comprendía exactamente, pero los rumores en la oficina decían que nadie le mencionaba Allende a Marcos a no ser que quisieran que les arrancaran la cabeza.

–Se la arrebataré hostilmente si es necesario.

–Entiendo.

–Me vendría bien una acompañante. Necesito alguien con quien poder contar. Sobre todo necesito a alguien que esté dispuesta a hacerse pasar por mi amante.

–Una amante –repitió ella y, cuando Marcos se acercó, retrocedió un par de pasos hasta darse con las piernas en un butacón.

Imperturbable, Marcos se dirigió a la estantería con paso firme.

–¿Te interesaría hacerlo por mí? –preguntó.

La cabeza se le llenó a Virginia de ideas perversas. México y Marcos. Martinis y Marcos. Mariachis y Marcos.

–Sí, por supuesto –contestó. ¿Pero qué quería decir exactamente con hacerse pasar por su amante?–. ¿Y qué esperas de mí? ¿Durante cuánto tiempo?

–Una semana como mi acompañante en Monterrey, y quizá algunas horas extra hasta que pueda cerrar el trato. Me aseguraré de solventar tu... pequeño problema.

–¿Eso es todo?

–¿No te parece suficiente?

Ella sonrió sin más. Y esperó.

Y observó.

Los músculos bajo su camisa se tensaron cuando se estiró para alcanzar la última estantería y sacar un enorme volumen de cuero.

–Tal vez tu compañía en la cena de Fintech –continuó él–. ¿Te importaría ir conmigo?

Ella jugueteó con sus perlas. No podía parar.

–Siempre… podría organizarte una cita.

–Yo no deseo una cita –contestó él, y le entregó el libro–. Toma. Puedes quedarte con esto. Es sobre Monterrey –lo dejó sobre el butacón.

–Siento como si estuviera robándole a un ciego –dijo ella.

–Si yo lo permito, entonces no sería un robo.

Virginia vio su sonrisa y presionó el libro contra sus pechos traidores. Pero Marcos había sonreído tres veces esa noche. Tres. ¿O más? Eso ya debía de ser un récord.

–Eres muy importante para mi empresa –continuó mientras regresaba a su escritorio–. Una semana de tu tiempo es muy valiosa para mí. Eres trabajadora, lista, leal. Te has ganado mi confianza, Virginia, y mi admiración. Ambas son proezas difíciles.

–Gracias por el cumplido –contestó ella, y comenzó a ordenar los papeles del escritorio–. Disfruto mucho trabajando en Fintech. Y contigo, claro. Y por eso no quiero poner en peligro mi puesto.

Siguió ordenando los papeles, consciente de que él no estaba haciendo nada salvo observarla. Como hacía a veces en la oficina. Dejaba cualquier cosa que estuviera haciendo y se limitaba a mirarla con aquellos ojos negros.

–¿Qué diremos en la oficina? –preguntó ella.

–Diremos que te ordené que me acompañaras, por supuesto. Al fin y al cabo eres mi secretaria.

Marcos arqueó las cejas y la miró fijamente, como si estuviera desafiándola a discutir.

Virginia estaba soñando si deseaba algo más que un asiento frente a su despacho. Soñando si pensaba que el deseo de sus ojos era por ella.

No podía permitirse seguir teniendo esas fantasías con él. Era inútil y doloroso, además de estúpido. Marcos estaba ofreciéndole un trabajo.

Cuando la pila de papeles ya no pudo ser más perfecta, la enderezó con toda la dignidad que pudo y dijo:

–Estaré encantada de ser tu acompañante.

–Bien. Excelente. Sabía que llegaríamos a un acuerdo.

Enfrentarse a un tumulto de emociones sin delatarse resultaba difícil. La excitación batallaba con la preocupación; la gratitud, con el deseo.

Una semana con él en México. Haciéndose pasar por su amante; un papel que Virginia había desempeñado muchas veces en su imaginación. Pero aquello sería real; una mentira real, donde ella, inexperta en lo referente a hombres, fingiría ser la amante de un hombre atractivo, un dios, una leyenda.

Se sentía cada vez más inquieta por el trabajo, así que agarró el libro. *Monterrey: Tras el tiempo*. Se dirigió hacia la puerta y volvió a mirarlo una última vez.

–Gracias, Marcos. Gracias por todo. Buenas noches.

–Virginia –cuando ella ya estaba en el pasillo, la alcanzó y la agarró por la muñeca para que se diera la vuelta–. Es un vuelo de cinco horas. Quiero marcharme mañana por la tarde. ¿Podrás estar preparada entonces?

Virginia sonrió nerviosa y asintió apresuradamente.

Él le agarró la barbilla y la levantó ligeramente.

–¿Estarás preparada, Virginia? –insistió.

–Estaré preparada –le aseguró ella–. Gracias. Sé que podrías pedírselo a otra. Y dudo que tuvieras que pagar por su compañía.

–Sí, pero te deseo a ti.

Un torrente de esperanza se desencadenó en su interior al oír sus palabras. Recorrió su cuerpo desde la cabeza a los pies. Marcos no quería decir eso, pero sus oídos se morían por escuchar cualquier cosa que él le dijera.

Deseaba ser diferente a sus ojos. No un acto de caridad. No como su hermanastro, un playboy imprudente al que Marcos tenía que rescatar una y otra vez. No deseaba ser como los desconocidos y amigos que lo llamaban todos los días en busca de consejo, de poder o de ayuda.

Todo el mundo deseaba algo de Marcos Allende, pues debajo de su apariencia había un hombre con un corazón de oro.

Virginia se preguntó si habría alguien que le devolviera todo lo que él daba, si alguien cuidaría de él para variar.

Decidió que, fuera lo que fuera lo que él deseara, ella se lo daría.

–No te arrepentirás, Marcos –prometió suavemente–. De ayudarme, quiero decir.

Él sonrió. Esa sonrisa de asombro provocó un vuelco en su estómago, pero no pareció llegar a sus ojos. Esos ojos permanecían insondables. Deslizó un dedo por su mejilla y despertó el fuego en su piel.

–Soy yo el que espera que no te arrepientas de haber venido.

Capítulo Dos

–¿Tu nueva novia?

Callado, Marcos se quedó de pie junto a la ventana del salón y observó el coche alejarse con Virginia dentro. Desde el ático, el Lincoln parecía un escarabajo que se metió en el tráfico intermitente tras el edificio de apartamentos.

La presión que sentía en el pecho aumentaba con la distancia.

La sangre aún le ardía en las venas y la cabeza le daba vueltas con mil pensamientos, todos ellos catalogados X.

–¿O tal vez una amante?

Marcos se dio la vuelta y miró al recién llegado, el inquisitivo Jack Williams; antiguo espía corporativo y actualmente millonario. Estaba comiéndose una bolsa de almendras que había sacado del bar.

–Mi secretaria –respondió Marcos mientras balanceaba el vaso de whisky que tenía en la mano.

Jack había llegado a las once en punto como había prometido; aquel texano alto y rubio nunca llegaba tarde y, como un perro amaestrado que escuchara un silbato silencioso, había ladeado la cabeza al ver a Virginia prácticamente entre los brazos de Marcos. Mientras ella se despedía, el instinto de Marcos se había puesto alerta y le había susurrado que en realidad deseaba quedarse.

Pero cuando «Williams el bastardo», como la prensa lo había apodado, decía que entregaría, entregaba. Y por desgracia lo que Marcos necesitaba no podía esperar.

Aun así no podía permitir que su amigo sacase conclusiones erróneas, así que levantó el vaso en un brindis burlón.

–Prepara un buen café –dijo.

–¿Y en la cama? –preguntó Jack.

Marcos atravesó el salón y se dirigió hacia el despacho seguido de Jack.

Dejó el vaso sobre la pila de papeles de su escritorio y se sentó en el sillón de cuero.

–No soy ese tipo de hombre, Jack. No mezclo los negocios con el placer, ¿recuerdas?

Pero el dulce aroma de Virginia permanecía en el aire. Un tormento para su cuerpo. Una burla a sus palabras.

Respetaba a sus empleadas y se enorgullecía de ser un hombre con moral. Pero en lo que se refería a Virginia Hollis, parecía quedar reducido al instinto de un cavernícola.

–Lo recuerdo –contestó su amigo con una carcajada–. Pero la pregunta es si lo recuerdas tú. ¿Debería haber traído una cuchara? Porque parecías dispuesto a comértela.

–Tal vez ese viejo refrán sea cierto y algunas reglas estén hechas para romperlas; sobre todo si tú eres el imbécil que vive con esas reglas.

–No vayas por ahí, Marcos –le aconsejó Jack–. Yo he estado ahí. No es divertido. Ni lo es para ti ni lo es para ella. Los líos de oficina siempre acaban mal. No importa lo bien que lo planees cuando empiezas.

Marcos no quería hacerle daño, pero se había sentido frustrado sexualmente desde el día que la contratara. Era recatada, estaba desesperada y decidida, y Marcos había temido que pudiera ser una distracción. Pero no había contado con el hecho de que su respuesta primitiva hacia ella llegase a un nivel tan intenso.

–Nunca en mi vida me he liado con una empleada, pero ella es diferente, Jack. Y sí, soy consciente de cómo suena.

Se recostó en el asiento y se remangó la camisa.

De hecho estaba considerándolo, tal vez incluso ya hubiera dejado de considerarlo y se hubiera decidido, para darles a ambos lo que llevaban meses deseando.

Él era un hombre de sangre caliente. Sólo podía soportar hasta cierto punto. Y Virginia… no importaba lo mucho que intentara ocultar sus reacciones hacia él, porque reaccionaba. De manera visceral, primitiva; bajo la apariencia de secretaria había una mujer al fin y al cabo.

Y ahora le había pedido, prácticamente exigido, que pasara una semana con él. Fingiendo ser su amante. En un momento en el que toda su energía y toda su atención debían estar centradas en un premio que había esperado ganar durante mucho tiempo.

Allende.

No había estado seguro sobre si pedirle que fuera su acompañante. Era una tentación demasiado grande de jugar a ser amantes y él necesitaba estar concentrado para lograr su objetivo.

Pero esa noche la adorable Virginia le había pedido ayuda.

Esa noche él ya no había podido negárselo más.

La deseaba.

Le había ofrecido un puesto durante una semana, cierto, pero no era más que una farsa de lo que realmente deseaba hacer.

Su poderoso efecto permanecía con él cuando abandonaba la oficina por las noches. Pensaba en ella continuamente, a cada hora. No podía apartar su imagen de su cabeza por las noches y no soportaba verla en apuros cuando parecía no querer nada para sí misma.

Hacía tiempo Marcos había hecho una lista mental con múltiples razones válidas para dejarla en paz.

Ella era inocente, él no. Ella era vulnerable, él podía hacerle daño. Ella era su empleada, él era su jefe. Había docenas de razones para mantenerse alejado de Virginia.

Pero la manera en la que lo había mirado esa noche pulverizaba todas esas razones.

–Toma. Tengo una cosa que te alegrará –dijo Jack, rebuscó en su maletín y sacó una carpeta que le entregó–. Ahí tienes. Tus deseos son órdenes.

Marcos le arrebató el archivo e inmediatamente se fijó en el nombre impreso en la etiqueta. Marissa Gálvez.

–Ah, mi salvador –dijo con una sonrisa–. Supongo que está todo aquí.

–Todo sobre Marissa y sus asuntos turbios. Es una abejita muy trabajadora. Te resultará una lectura interesante. Me llevó un tiempo, como puedes ver. Pero te di mi palabra de que lo tendría listo para esta noche.

Marcos echó un vistazo a las páginas y no le sorprendió que el archivo fuese tan grande como los planes de esa mujer.

Marissa Gálvez. Una punzada de rabia atravesó su corazón. ¿Esa mujer tenía esperanzas de reconciliación antes de hablar de números?

Claro que sí. Leía la revista *Forbes*. Era lo suficientemente lista como para darse cuenta de que el hijo valía más que el padre por el que lo había dejado, ni miles ni millones, sino miles de millones. Conocía la compañía, que por derecho debería haber sido de él, estaba preparada para la compra y no le harían falta más que unos pocos contactos para descubrir que era Marcos el que había estado comprando el stock.

Por desgracia, insultar el renovado interés de Marissa en él no la ayudaría a conseguir su objetivo. Pero una amante hermosa y sonriente se haría cargo de sus sueños de reconciliación; y así podrían ponerse manos a la obra con el negocio.

Allende. Su compañía.

–¿Y te importa decirme cómo vas a convencer a esa mujer para que venda? Quiero decir sin tener que sucumbir a su petición de ciertas atenciones personales antes de hablar de dinero –preguntó Jack.

Marcos se puso en pie de un brinco.

–Con esto –dijo mientras agitaba las pruebas delante de su amigo–. Ahora es mi juego, mis reglas. Allende está en una posición vulnerable. Tarde o temprano, tendrá que vender.

–Pero no a ti.

–Ella sabe que se expone a una compra hostil. Y sabe que yo soy el tiburón que va tras ella. No habría llamado si no quisiera ponerse de mi lado.

–¿Y se pondrá de tu lado?

–Cuando tú te pongas un tutú, Jack. Por supuesto que no.

Se sentía asqueado al recordar su llamada. Mostrándole Allende como si fuera un cebo, proponiéndole que lo discutieran en la cama. Había jugado con él cuando era un chico ingenuo de diecisiete años, pero el infierno se congelaría antes de que volviera a jugar con él.

–Llamó porque quiere volver contigo –señaló Jack.

–Por suerte tengo acompañante –dijo Marcos–. Lo cual significará que podremos olvidarnos de lo personal y pasar directamente a los negocios.

–Ahora lo entiendo. Así que la chica es la clave.

Aquellos ojos. Grandes, brillantes, verdes. Había creído morir al ver su mirada. Le hacía sentir… noble. Decente. Le daban ganas de salvarla infinitas veces a cambio de más miradas como ésa.

Cuando lo había llamado horas atrás para solicitar un poco de su tiempo, se había permitido fantasear. Había creído que estaría dispuesta a sucumbir a él, preparada para admitir lo que ya amenazaba con volverse inevitable. Incluso mientras se permitía el lujo de la fantasía, Marcos sabía que Virginia era demasiado cautelosa y respetable para eso.

Ahora dependía de él. ¿Qué haría?

–Marissa tendrá lo que se merece –le dijo a Jack.

–Por supuesto que sí –convino su amigo mientras cerraba el maletín. Se despidió desde la puerta y le dirigió una de sus sonrisas que decían «soy Jack el Destripador»–. Te dejaré para que hagas la maleta.

–Muchas gracias, Williams. Y envíale la factura a la señora Fuller esta semana. Ella se encargará.

Tras quedarse solo, Marcos apuró el whisky y frunció el ceño al pensar en las perlas que Virginia había llevado al cuello. Su amante nunca llevaría unas perlas tan discretas. Llevaría diamantes. Esmeraldas.

Con actitud posesiva se imaginó su cuerpo delgado y firme, observado incontables veces desde detrás de su escritorio en la oficina, incontables veces en las que se había obligado a sí mismo a concentrarse en el trabajo.

Determinó que tendría una talla seis e inmediatamente sacó su lista de contactos del último cajón de su escritorio.

Si iba a hacerse pasar por su amante, una cosa era segura; Virginia Hollis encajaría en el papel.

En el interior de la empresa especializada en jets corporativos, Marcos observaba a través de la ventana como repostaba el Falcon 7X; una paloma blanca y uno de sus aviones más rápidos.

Le hubiera gustado achacar su impaciencia al trato que estaba a punto de negociar. Pero la verdad era que su secretaria llegaba tarde, y estaba impaciente por verla.

Tenía una puerta abierta ante él. Una puerta que le brindaba la oportunidad de interactuar fuera del lugar de trabajo. La oportunidad de salirse de su papel y, si querían, interpretar uno distinto durante un tiempo.

Oyó cómo las puertas de cristal se abrían, cómo el sonido del tráfico inundaba la sala. Se dio la vuelta y vio entrar a Virginia.

–Virginia –dijo él.

–Marcos.

Virginia se humedeció los labios mientras se acercaba, levantó su maleta y la colocó a sus pies; una barrera entre sus cuerpos.

–Me llevas ventaja –dijo ella. Hablaba con voz áspera y temblorosa que revelaba su nerviosismo.

Marcos miró sus labios, pintados de un rosa sedoso, incitándolo a saborearlos.

–Lo siento, tenía algo de trabajo que hacer fuera de la oficina.

Marcos tomó aliento y señaló con la cabeza en dirección a la mesa en la que estaban el café, las galletas y las servilletas.

–Sírvete café si quieres. Embarcaremos en unos minutos.

–¿Tú quieres café?

Marcos negó con la cabeza y no pudo evitar observar el contoneo de sus caderas bajo la falda mientras se alejaba hacia la mesa.

Estaba fascinado por ella. Un metro sesenta y cinco centímetros de realidad. De amante fingida.

Maldijo en voz baja, agarró la maleta y la condujo a su lugar junto a la ventana. Los pilotos estaban guardando su equipaje, que consistía principalmente en bolsas de Neiman Marcus.

Se cruzó de brazos y esperó la señal. El archivo que el infalible Jack Williams le había dado la noche anterior le proporcionaba munición suficiente para persuadir a Marissa de vender, y aun así la idea de salir victorioso no hacía que la tarea fuese fácil. Uno podía espachurrar a un bicho con la mano y eso no significara que disfrutara haciéndolo. Pero Allende, una compañía de transportes moribunda, llevaba su apellido.

Era suya. O la resucitaba o la mataba.

Virginia se colocó a su lado y él se puso rígido, consciente de su presencia.

Sin apenas mover la cabeza, observó la delantera de su jersey. El tejido se pegaba a sus pechos pequeños y bien formados. Sintió ternura por ella. Virginia había ido vestida como su típica secretaria, con el jersey, la falda gris a la altura de las rodillas y aquellos zapatos cerrados que no decían nada.

–Me temo que eso no valdrá –murmuró.

Ella sonrió mientras lo miraba asombrada. Parecía animada, y no preocupada como la noche anterior.

–¿Qué no valdrá?

–El jersey –contestó–. La falda. Los zapatos. No sirven.

Virginia dejó su café en la mesa y se colocó el pelo detrás de las orejas.

–He metido algunos vestidos en la maleta.

–¿Vestidos de diseño?

–Pues no.

Marcos levantó una mano y señaló el collar de perlas.

–¿Estás muy apegada a ese collar? –preguntó.

–Era de mi madre.

–Bonito. Muy bonito. Pero mi amante llevaría otra cosa –estaba jugando con fuego, pero no le importaba–. Mi mujer llevaría diamantes –dijo mientras agarraba las perlas entre dos dedos–. O esmeraldas.

–¿Te preocupa que no sea presentable?

Marcos apartó la mano y la miró con seriedad.

–Me preocupa que parezcas mi secretaria y no mi amante.

–Entiendo –dijo ella sin dejar de sonreír.

–Compréndeme, Virginia. Si quisiera que me vieran con mi secretaria, habría traído a la señora Fuller.

Aquello hizo que Virginia se quedase con la boca abierta.

–Tu nuevo vestuario está en el avión –agregó Marcos–. Hay una habitación al fondo. Cámbiate.

Capítulo Tres

De todos los hombres arrogantes, de todos los jefes del mundo, tenía que estar en deuda con Marcos. Sin duda el más complicado de todos.

Mientras los motores del avión sonaban de fondo, Virginia se puso el vestido en la habitación indicada. Maldito Marcos. Ella había accedido a su petición, ¿pero cómo se suponía que debía reaccionar a sus órdenes autocráticas? Lo peor era que la ropa era exquisita. No podía estar molesta con un hombre con tan buen gusto.

Sorprendida por lo bien que se ajustaba el vestido a su cuerpo, deslizó los dedos por las caderas y deseó que hubiera un espejo para poder verse mejor.

Tomó aire para reunir valor y se obligó a salir del vestidor.

En el avión el aire vibraba con la energía de su presencia. Marcos tenía la cabeza agachada, estaba sentado en un asiento de cuero color crema y su pelo brillaba con la luz del sol mientras leía un imponente tomo de cuero. Iba vestido de negro, y el polo de manga corta revelaba unos brazos fuertes y bronceados recorridos por venas.

Virginia caminó por el pasillo del avión. Advirtió la pantalla empotrada en la pared de madera situada detrás de Marcos. El mapa electrónico mostraba al avión sólo a tres puntos rojos del lugar donde se encontraba Monterrey. Al menos una hora más.

Al pasar entre sus dos asientos, con la intención de ocupar su lugar frente a él, sintió una mano que la agarraba por la muñeca. La giró bruscamente y Virginia se quedó con la boca abierta.

–No –dijo él con voz ronca a causa de lo poco que había hablado durante el vuelo.

Consciente de que tenía el pecho demasiado cercano a su cara, Virginia intentó zafarse, pero fracasó.

–Me he cambiado. ¿No es lo que deseabas?

Él ladeó la cabeza y se quedó mirándola.

–Estás enfadada conmigo.

–Yo… –Virginia señaló con la barbilla el libro que tenía sobre el regazo. Necesitaba que le soltara la mano–. Por favor, sigue leyendo.

–¿Te gusta la ropa que te he comprado, amor? –preguntó él.

¿Amor? Sintió un escalofrío al oír aquella palabra de cariño. Asustada, tiró de la mano con más fuerza.

–Ya puedes soltarme –susurró.

Tras mirarla fijamente durante unos segundos, Marcos la soltó y ella estuvo a punto de tropezarse.

Se sentó en el asiento como un globo desinflado. El pulso le latía descontrolado. Las manos le temblaban mientras se abrochaba el cinturón.

–¿Acaso te ofende el interés de un hombre? –preguntó él.

Virginia se sonrojó y dejó el bolso sobre su regazo.

–¿Sabías que Monterrey tiene más de cinco millones de habitantes? –metió en el bolso los mapas que había impreso en la oficina y las listas de palabras en español.

Marcos cerró el libro y lo dejó caer a sus pies.

–¿Mi interés te ofende, Virginia?

Ella se quedó mirándolo con los ojos entornados, anticipando una carcajada, o al menos una sonrisa.

Estaba serio. Muy guapo y muy serio.

No podía hacer eso. Estaba preparada para hacer su trabajo, pero no para permitirse ser el juguete de un hombre.

Con una sonrisa nerviosa, Virginia lo señaló con un dedo tembloroso.

–Señor Allende, cuanto más nos acercamos a México, más extraño se vuelve usted.

Silencio.

Durante unos segundos interminables, sus palabras quedaron suspendidas en el aire. Virginia se mordió el labio. ¿En qué estaba pensando para decirle eso a su jefe?

Sentado en una postura engañosamente relajada, Marcos se cruzó de brazos y la contempló.

–¿Piensas llamarme señor Allende cuando finjas ser mi amante?

–No pretendía insultarte.

–No me has insultado.

–No sé qué me ha pasado.

Marcos se inclinó hacia delante.

–Me llamas Marcos casi todo el tiempo. Me llamas Marcos cuando me pides favores. ¿Por qué ahora me llamas señor Allende?

Virginia apartó la mirada, sentía como si le estuvieran retorciendo el corazón.

Tomó aliento y permaneció callada.

El avión se inclinó ligeramente y se dispuso a aterrizar con la misma suavidad con la que había volado.

Comenzó a disminuir la velocidad. Si su corazón pudiera hacer lo mismo.

Atravesaron una pista decorada con grandes hangares y Virginia mantuvo la atención fija en la pantalla situada detrás de Marcos, decidida a aliviar la tensión.

–¿Crees que Allende será una inversión segura para Fintech? –preguntó. Sabía que era lo único que le quedaba de su pasado. Su madre había muerto mucho antes que su padre.

–La dirección es pésima –contestó él. Sacó su Black-Berry del bolsillo de su pantalón y la encendió–. Los vehículos de transporte están controlados por los cárteles. Viajar es menos seguro actualmente en este país. Para que tenga éxito harán falta medidas de seguridad muy estrictas, nuevas rutas, nuevo personal, y eso implicará dinero. Así que no. No es una inversión segura.

–Volverás a convertirla en oro –dijo ella.

Marcos levantó la cabeza de la pantalla de su teléfono y dijo:

–Pienso hacerla pedazos, Virginia.

–¿Piensas destruir el negocio de tu padre? –preguntó ella horrorizada.

–Ya no es suyo –respondió él mientras se guardaba el teléfono en el bolsillo–. Se suponía que tenía que ser mía cuando él muriera. Yo la construí con él.

Aquella mañana, entre llamadas telefónicas, café, fotocopias y recados, Virginia se había familiarizado con Monterrey desde lejos. Había descubierto que se trataba de un valle rodeado de montañas. Industrial, cosmopolita, hogar de los adinerados y, en las afueras de la ciudad, hogar de los pobres. Era sin duda la parte más prominente del norte de México. Tenía una ubicación idónea para Transportes Allende, pues era un medio de importación, exportación y viaje; aunque también estaba bien situada para aquéllos que importaban y exportaban sustancias ilegales. Como los cárteles.

–Parece como si hubiera confesado algo horrible –dijo él.

–No. Es sólo que –tomó aire antes de seguir–. No es propio de ti. Renunciar a algo. Nunca te has rendido con Santos sin importar lo que haga.

–Mi hermano es una persona; Allende, no.

Consciente de lo atípica que resultaba aquella decisión, Virginia quiso recordarle que había dedicado su vida a ayudar a compañías en crisis, que había tomado bajo su protección a negocios e incluso personas en los que nadie más que él tenía fe, pero en vez de eso se puso en pie. Marcos hizo lo mismo.

–Virginia, esto no es Chicago –su rostro resultaba impasible, pero sus ojos la taladraban–. Si quieres hacer turismo, te acompañaré. Es demasiado peligroso para andar sola.

Peligroso.

La palabra le puso la piel de gallina.

Recordó lo que había investigado sobre la ciudad, miró por la ventanilla y vio a dos aduaneros uniformados seguidos por el doble de militares que se dirigían hacia el avión. Había oído que los militares solían acompañar a los agentes de aduanas mexicanos, pero aun así resultaba una visión intimidante. El copiloto abrió la puerta y bajó a recibirlos.

Virginia no podía ver mucho de la ciudad a aquella hora de la noche, pero lo que había leído en Internet le había resultado deslumbrante. Incluso habría considerado el lugar romántico de no ser por la advertencia de Marcos.

—Peligroso —repitió ella—. ¿Cómo será para la gente que vive aquí?

—Difícil —respondió él mientras metía su libro en un maletín de cuero—. El índice de secuestros se ha incrementado alarmantemente durante los últimos dos años. Secuestran a las madres a la salida de los supermercados, a los niños en los colegios. Los miembros de ambos partidos y la policía son sobornados para hacer la vista gorda.

—Eso es muy triste.

Virginia miró una última vez por la ventana del avión. Nada se movía salvo la bandera mexicana que ondeaba junto al edificio de la aduana.

—Parece muy tranquilo —comentó.

—Bajo la superficie nada es tranquilo —Marcos se quedó allí de pie, más de metro ochenta de virilidad abrumadora. Parecía un poco cansado, y mucho más sexy que detrás de su escritorio. Parecía cercano. Al alcance de su mano.

«Bajo la superficie nada está tranquilo», pensó ella. «Ni siquiera yo».

—La señora Fuller dijo que te criaste aquí —observó ella mientras miraba el surtido de fruta colocado sobre la mesa junto a la parte delantera del avión.

—Desde los ocho hasta los dieciocho —respondió Marcos, y observó asombrado mientras ella agarraba dos manzanas verdes y se las guardaba en el bolso.

—Por si acaso nos entra hambre —explicó.

—Si te entra hambre, me lo dices y me aseguraré de que comas.

—¿Qué te hizo dejar la ciudad?

—Aquí no hay nada para mí —respondió él—. En España tampoco.

Le encantaba el modo en que pronunciaba eso. España. El modo en que su brazo se estiraba hacia delante, largo y musculoso, apoyado sobre el compartimento de equipajes de mano. Sombrío, la miró a los ojos y la confusión que ella vio en su mirada le produjo escalofríos.

–¿Estás cansada?

–Estoy bien.

–Virginia –Marcos recorrió la distancia entre ellos. Sólo un paso. La diferencia entre poder respirar o no. La diferencia entre tener el control y perderlo.

Se inclinó hacia delante y le quitó el bolso. Sus dedos se tocaron y eso le produjo a Virginia un escalofrío por todo el cuerpo.

–¿Por qué estás nerviosa? –el susurro hizo que el estómago le diera un vuelco–. Llevas todo el día sin dejar de hacer cosas con las manos.

¿Así que se había fijado en ella?

Como… un depredador. Observando desde la distancia. Planeando, saboreando a su presa.

¿Por qué resultaba eso excitante?

–¿Es por mí?

«Porque te deseo», pensó ella.

Virginia dio un paso hacia atrás intentando no dejar de sonreír.

–Siempre me pongo nerviosa después de que me rescaten.

–Ah –dijo él–. A mí me pasa lo mismo después de rescatar –echó el brazo hacia atrás de manera que el bolso quedara colgando de uno de sus dedos por detrás del hombro.

Cuando el piloto anunció que podían bajar, Marcos señaló con el otro brazo hacia las escaleras del avión.

–Las damas primero.

–Admito que aún no me he acostumbrado a tus silencios –dijo Virginia.

–Pues la próxima vez háblame.

Mientras los pilotos conversaban con los oficiales de aduanas, Virginia se detuvo a unos metros de la puerta. El calor de fuera se mezclaba con el aire acondicionado del avión y le calentaba la piel. Se dio cuenta de que no podía bajar todavía.

Haría cualquier cosa por solucionar los problemas de su padre, y aun así no se sentía preparada para hacerse pasar por la amante de nadie. Y mucho menos la de Marcos.

Se dio la vuelta sobre sus tacones y lo vio detrás de ella.

–Marcos, voy a necesitar que me digas… lo que tengo que hacer.

–Para empezar has de salir del avión –contestó él con una sonrisa.

–Quiero decir en referencia a mi papel –explicó ella–. Necesitaré saber qué sugieres que haga. Estoy decidida, claro, pero espero tener alguna indicación por tu parte.

Marcos estiró la mano y le acarició la mejilla con los nudillos.

–Finge que me deseas.

Un escalofrío recorrió su cuerpo. Era tan sexy. Y ella estaba dividida entre lanzarse a sus labios y salir corriendo para salvar su vida.

–Lo haré. Claro que lo haré –respondió.

De pronto sólo fue consciente de cómo su mano se deslizaba por su cuello hasta el hombro y le apartaba un mechón de pelo suelto.

–Mírame como siempre me miras.

–¿Cómo?

–Ya sabes cómo. Como si te importara, como si me necesitaras.

–Te necesito –sacudió la cabeza inmediatamente–. Quiero decir que lo haré.

Cerró los ojos con fuerza, temiendo que él pudiera ver la verdad en ellos. Que Marcos se diera cuenta de que estaba enamorada de él desde el principio.

–Bien –dijo él con una carcajada suave y arrogante.

La agarró por la cintura y la giró hacia la puerta abierta del avión. Ella se puso rígido al sentir el contacto. El deseo aumentó. Deseaba sentir esa mano sobre su piel, sin ropa.

–¿Pero qué deseas que haga exactamente? –insistió–. Esto es importante para ti, ¿verdad?

–¿Señor Allende, pueden bajar, por favor?

Al oír las voces en la pista, Virginia bajó los escalones y Marcos la siguió.

Siguieron a los hombres uniformados hacia un edificio de aspecto rústico que rivalizaba en tamaño con el avión de Marcos. Una pequeña torre de control, que parecía abandonada a aquella hora del día, se alzaba discretamente a la derecha del edificio. Una ola de viento caliente y seco se levantó a su alrededor y le revolvió el pelo.

Virginia se llevó una mano a la cabeza para evitar despeinarse. Marcos le sostuvo la puerta abierta.

–No es necesario fingir ahora –le dijo él–. Podemos hacerlo más tarde.

Sus ojos brillaban peligrosamente con algo. Algo que daba miedo. Una promesa. Una petición.

A Virginia se le aceleró el corazón. Pasó bajo su

brazo mientras dos palabras se repetían en su cabeza a modo de amenaza.

Más tarde.

Quince minutos más tarde, tras un breve «Bienvenidos a México» por parte de los aduaneros, se acomodaron en el asiento trasero de un Mercedes Benz plateado, con el equipaje en el maletero.

–¿Vamos a Garza García? –preguntó en español el conductor uniformado.

–Sí, por favor –respondió Marcos en el mismo idioma.

Sentía un cosquilleo en la palma de la mano. La mano con la que había tocado a Virginia. La mano con la que la había agarrado por la cintura y había hecho que Virginia se apartara de él.

Frunció el ceño y miró el reloj; eran las doce y diez de la noche. El deseo nunca había sido así. Podía desear un reloj, o una casa, o dinero, pero desear a aquella mujer en particular no era un capricho. Era una necesidad, algo almacenado durante demasiado tiempo, algo tan valorado que tenía miedo de hacerle daño.

El coche se puso en marcha y Virginia se puso a mirar por la ventanilla sin dejar de juguetear con las perlas de su collar.

–¿Ha tenido un viaje agradable, señor Allende? –preguntó el chófer.

–Sí –respondió él.

–Esto es precioso –comentó Virginia, dejó el bolso en el hueco entre sus pies y golpeó la ventanilla con un dedo–. Mira las montañas.

Su piel parecía luminosa bajo el brillo de las farolas, y en la sombra sus ojos adquirían un brillo poco común.

–Mañana con luz te enseñaré la ciudad –respondió él.

–Gracias.

El chófer puso la radio y una música suave inundó el interior del coche. Virginia permaneció sentada en el otro extremo del asiento.

Demasiado lejos…

Marcos observó su figura, se fijó en sus pechos bajo el vestido, en la curva de sus caderas y de sus muslos. Sus piernas largas y firmes tenían un brillo satinado e invitaban a envolverlas con su cuerpo, a derramar en su interior días, semanas, meses de deseo acumulado.

–¿Me tienes miedo? –preguntó con un susurro.

Ella se enderezó y lo miró con sus ojos verdes antes de bajar las pestañas.

–No. ¿Por qué lo preguntas?

Su timidez sacaba al cazador que llevaba dentro, y Marcos tuvo que hacer un esfuerzo por controlarse.

–Podrías acercarte más.

Virginia agachó la cabeza para disimular su rubor y se alisó el vestido con las manos.

–Hace mucho que no viajo.

–¿Te estremeces cuando te toca cualquiera? ¿O sólo cuando te toco yo?

–¿Estremecerme? Nunca me estremecería si tú… me tocaras.

–Te has apartado cuando te he empujado para que bajaras del avión. Y cuando te he ayudado a subir al coche.

–Me ha sorprendido –respondió ella–. Te he pedido que me dijeras lo que tenía que hacer.

–Y yo acabo de pedirte que te acercaras más.

Marcos golpeó suavemente el asiento a su lado.

Tras unos segundos, Virginia pareció decidirse. Levantó la barbilla y comenzó a acercarse.

–Si crees que no se me da bien esto, deberías saber que sé fingir perfectamente.

Su aroma se coló en sus pulmones. El corazón se le aceleró y la temperatura de su cuerpo aumentó.

Con cuidado, como si estuviera acariciando a un león, Virginia le dio la vuelta a su mano y colocó su palma fría en ella. Entrelazó sus dedos con lentitud y Marcos sintió el deseo entre las piernas. Echó la cabeza hacia atrás, respiró profundamente y cerró los ojos con fuerza.

Ella se acercó más y le apretó la mano con más fuerza. Sentía sus labios junto a la oreja.

–¿Os parece lo suficientemente satisfactorio, alteza?

–Acércate más –respondió él con voz entrecortada.

Deseaba saltar sobre ella, poseerla, allí mismo.

Todos sus sentidos estaban invadidos por su aroma.

–Más cerca –susurró.

Al notar que no lo hacía, abrió los ojos y contempló sus manos entrelazadas. La de Virginia era pequeña y pálida, casi absorbida por la suya. Marcos deslizó el pulgar por su dorso hasta llegar al nudillo. Era tan suave. Y él sentía como si tuviera dieciocho años de nuevo.

–Suave –susurró de nuevo.

Como en un trance, Virginia observó el movimiento de su pulgar, tomó aire y sus pechos se expandieron bajo el material que los cubría. Marcos agachó la cabeza y le frotó el cuello con la nariz. Deseaba devorarla entera. Podía oler su champú, deseaba hundir los dedos en su pelo, girarle la cabeza y besarla. Suavemente, para poder saborear su aliento y explorar su boca.

–Podrías intentar fingir que disfrutas de mis caricias –susurró para que no lo escuchara el conductor.

–Marcos…

Marcos giró la mano y le agarró la suya cuando ella intentó escapar.

–Virginia.

Sus miradas se encontraron. Como sucedía en la oficina, por encima de las cabezas de la gente, en los ascensores. Aquellos ojos verdes siempre buscaban los suyos. Y los encontraban mirándola. Sus dedos se rozaban al pasarse una taza de café, un archivo, el teléfono. Con el contacto sus cuerpos parecían encenderse como cerillas. Incluso con una pared de por medio, su consciencia de ella había llegado a niveles alarmantes.

–Estamos fingiendo, ¿recuerdas? –le dijo él.

Fingir. La única manera que a Marcos se le ocurría para que no se vieran implicados sus sentimientos. Era la única manera de poder llevar a cabo aquello sin que nadie saliese herido al final. Sin que sus vidas cambiaran.

–Sí, lo sé.

–Entonces relájate para mí –volvió a agarrarle la mano, le acarició la palma con el pulgar y sintió su respiración entrecortada–. Muy bien. Ya estoy convencido de que me deseas.

–Sí –contestó ella con un susurro–. Quiero decir que lo estoy intentando… hacer como si te deseara.

Pero parecía tan insegura y asustada como un ratón que no supiera hacia dónde ir, y a Marcos le gustaba mucho el papel de gato. Deseaba jugar.

–No te impongas demasiado –le dijo.

–Intento no… aburrirme.

–Sí. Veo que estás intentando contener un bostezo –dijo él, y se fijó en el brillo de su pelo–. Tienes un pelo bonito. ¿Puedo tocarlo?

Lo hizo. Era suave y sedoso bajo sus dedos.

Ella emitió un sonido parecido a un gemido. Un deseo intenso y doloroso se despertó en el interior de Marcos. Virginia lo miraba con aquellos ojos grandes, como si fuera algo salido de otro mundo. Era un milagro que se hubiera resistido durante tanto tiempo.

–Cualquier hombre sería afortunado de tenerte –dijo con voz rasgada mientras le acariciaba la nuca.

Ella cerró los ojos con tanta fuerza que parecía que le dolía. Se retorció un poco en el asiento y, sorprendentemente, se acercó más.

–No tienes que convencerme. Ya estoy fingiendo.

Sus pechos rozaron sus costillas y el calor de su cuerpo incendió su piel bajo la ropa. Marcos intensificó las caricias de sus dedos.

–Cualquier hombre sería afortunado por tenerte, Virginia –repitió.

Virginia abrió los ojos y lo miró fijamente.

–¿Qué estás haciendo?

«¿Qué te parece a ti que estoy haciendo?», pensó Marcos. Quiso sentarla en su regazo, deslizar las manos por su falda, besarla en la boca hasta que sus labios se volvieran rojos.

Ella dejó escapar el aire entrecortado, se relajó ligeramente y se sentó de medio lado para mirarlo. Su sonrisa desapareció.

–¿A quién pretendes engañar con esta farsa, Marcos?

–A Marissa Gálvez, la dueña de Allende.

«Y tal vez a ti. Desde luego a mí mismo», añadió mentalmente.

Marcos le tomó la mano, la levantó y le dio un beso suave en el centro de la palma.

–Debemos practicar –murmuró sin dejar de mirarla a los ojos.

Ella se estremeció. No se apartó, pero tampoco se acercó. Le permitió deslizar los labios por su mano abierta.

–¿Y por qué debemos engañarla a ella?

–Porque me desea –respondió él. Su sabor era maravilloso. Su piel resultaba suave y satinada bajo sus labios y predecía que cada centímetro de su cuerpo sería igual. Perfecto–. No serviría de nada insultarla –a través de sus labios, Marcos captó el temblor que ascendía por el brazo de Virginia. Alentado por su reacción, abrió la boca y le mordió suavemente la piel–. Yo deseo a otra persona.

–Estoy segura de que puedes tener a cualquier mujer que desees.

–Si la deseo lo suficiente y me pongo a ello, sí –cerró los labios y volvió a abrirlos sobre su mano. Antes de poder evitarlo, le lamió la palma–. Y he llegado a desearla mucho.

–Oh, eso ha sido… –encogió la mano e intentó zafarse–. No creo que…

–Shh.

Le mantuvo agarrada la muñeca y levantó la cabeza. Vio cómo su expresión se suavizaba mientras deslizaba el pulgar de nuevo por su piel húmeda. Levantó entonces el dedo mojado y se lo llevó a los labios.

–Finge que te gusta cuando hago esto.

Ella emitió un sonido con la garganta mientras Marcos le acariciaba los labios con el pulgar.

–Sí, sí, estoy fingiendo –susurró.

41

Marcos no había tenido nunca una visión tan erótica.

–Sí, yo también. Yo también fingiré que eres ella.

–Bien.

–Y la deseo mucho –disfrutaba viendo su incomodidad, cómo sus pupilas se dilataban y su respiración se entrecortaba.

–De acuerdo.

Siguió deslizando el dedo por sus labios. Se inclinó para susurrar, para conspirar juntos, solos los dos.

–Finjamos que somos amantes, Virginia –la voz se le rompió con la fuerza de su deseo–. Finjamos cada noche que nos tocamos, que nos besamos, que nuestros cuerpos cabalgan juntos. Y cuando lleguemos al clímax...

–¡Para! –Virginia se apartó con una fuerza sorprendente–. Dios, para. Ya es suficiente. Ya hemos fingido bastante por una noche.

Marcos la acercó a él. Ambos respiraban con dificultad.

–Deberías besarme –dijo.

–Besarte –repitió ella, y señaló inconscientemente la cruz que asomaba por el cuello de su camisa. Él se quedó muy quieto; el gesto le pareció muy dulce, inesperado y doloroso.

Virginia deslizó los dedos por su cuello y recorrió la cadena dorada.

Consciente de todos sus movimientos, Marcos le soltó el pelo y la agarró del codo.

–Virginia. Tu boca en la mía.

Habían tenido un año de preliminares; con cada mirada, cada golpe de melena, cada sonrisa.

Ella echó la cabeza hacia atrás y se rió.

–¿Ahora?

–Un beso –insistió tirando de ella–. Ahora mismo.

–Pero eres mi jefe –respondió ella, pero tenía los labios entreabiertos y sus ojos brillaban.

–Finge que no lo soy.

–Pero lo eres…

–No quiero ser él, sólo quiero ser Marcos –su relación había estado envuelta por las normas, limitada por sus roles.

¿Y si Virginia fuese sólo una mujer? ¿Y él sólo un hombre? Habría sido suya, tal vez aún lo fuera.

–Sólo Marcos. Un beso no tiene importancia, Virginia –estiró un brazo sobre el respaldo del asiento y agachó la cabeza. Sus alientos se mezclaron, sus bocas se abrieron–. La gente besa a sus mascotas. Besa a sus enemigos en las mejillas. Besa una carta. Incluso lanza besos al aire. Puedes besarme.

–Esto es un poco inesperado.

–Dios, odiaría ser predecible –apartó el brazo del asiento y le rodeó los hombros–. Deja de pensar en ello y bésame.

–No tenemos que besarnos para fingir que estamos juntos. Puedo fingir con convicción sin besos.

¿Sin besos? Dios, no. Estaba fascinado con su boca, con la curva de sus labios. En su imaginación llevaba días, semanas, meses besando esa boca.

–Te equivocas, amor –le besó la sien–. Debemos besarnos. Y debemos besarnos con convicción.

–No mencionaste esto antes.

Le acarició el pómulo con un dedo y advirtió su pulso errático en la base del cuello.

–Bésame, Virginia.

–Sólo un beso –susurró ella.

El corazón le martilleó en el pecho al darse cuenta de que había accedido. A besarlo.

Se recostó en el asiento y controló el impulso de tomar las riendas de la situación. Estuvo a punto de perder la cabeza. A punto de arrancarle la ropa, el collar, la blusa. Todo. Aun así deseaba estar seguro, seguro de que ella lo deseaba.

—Bésame hasta que no podamos respirar.

—El conductor podría vernos —Virginia sonaba tan excitada como él.

—Mírame a mí, no a él.

—Eres tú al único que miro, Marcos.

Marcos no sabía quién respiraba más fuerte, quién estaba seduciendo a quién. Ella colocó las manos en su abdomen. Él suspiró. Los músculos bajo sus palmas se tensaron. Su erección palpitaba dolorosamente.

Ella deslizó las manos por su pecho con una leve caricia. Le rodeó la mandíbula con ambas palmas y esperó. Vacilante, inexperta.

—Cierra los ojos —dijo.

Marcos obedeció. No porque se lo hubiera pedido, sino porque sus dedos le acariciaban la sien. Siguió bajando las manos hasta llegar a los hombros, donde comenzó a masajearlo sensualmente. Aquello era una tortura.

Tenía que parar. Tenía que seguir.

—Hazlo. Hazlo ahora —susurró con urgencia. Sentía que la necesidad estaba comiéndoselo vivo.

Entonces sintió el calor húmedo de su aliento en la cara, la cercanía de sus labios.

—He perdido práctica…

No dejó que terminara. Estiró el brazo y hundió la mano bajo su melena para atraerla hacia sí.

—Virginia —dijo antes de devorar su boca.

Capítulo Cuatro

Virginia había pensado en un beso rápido. Sólo para probar. Probar para satisfacer su curiosidad. Su necesidad. Probar porque no podía negárselo por más tiempo. Pero cuando sus bocas se tocaron, no hubo manera de parar.

Marcos la había subido a su regazo. Fingir había sido fácil, pero ahora aquella boca, aquel hombre, aquellas manos en su nuca eran reales. Demasiado reales.

Gimió con impotencia mientras él ladeaba la cabeza y le susurraba algo indiscernible. Entonces sintió su lengua caliente, y cómo su erección crecía y palpitaba bajo los pantalones.

Comenzó a mordisquearla suavemente, lo que le produjo mariposas en el estómago y fuegos artificiales en la cabeza.

–Sabes a miel.

Hablaba en español contra sus labios. Ella se aferró a su cuello e intentó no gritar al sentir su aliento sobre la piel.

–Quiero hacerte el amor –murmuró Marcos en el mismo idioma mientras deslizaba las manos por su cuerpo–. Quiero hacerte el amor toda la noche.

Virginia no tenía idea de lo que estaba diciendo, pero sus palabras desataron intensos torrentes de placer. Sentía los pechos hinchados y los pezones duros mientras los presionaba contra su torso y abría la boca para responder a sus besos. Sabía que aquello estaba mal, muy mal, que no volvería a ocurrir.

—¿Qué es lo que me estás diciendo? —preguntó.

—Estoy diciendo que quiero hacerte el amor. Toda la noche —respondió él antes de volver a besarla.

Virginia gimió al sentir sus manos en los pezones, sintió su deseo y las embestidas de su lengua mientras la devoraba.

Él también gimió; parecía haber perdido el control por primera vez desde que lo conocía. Comenzó a acariciarle los pechos con los pulgares y deslizó los labios por su mandíbula.

—Tus jadeos me vuelven loco.

—Marcos…

Su cuerpo ardía de deseo.

Marcos presionó con las caderas, ella separó los muslos y sintió su erección frotándose contra su cuerpo.

Marcos le metió la lengua en la oreja.

—Detenme, Virginia —una mano decidida se coló por el escote de su vestido y le agarró un pecho—. Virginia, detenme.

Le apretó la carne con fuerza y, cuando sintió que le acariciaba el pezón, Virginia abrió los ojos de golpe. La sensación era tan deliciosa, tan horrible, tan agradable. Hundió la cara en su cuello y estuvo a punto de atragantarse con los sonidos que se acumulaban en el fondo de su garganta. Las sensaciones se apoderaron de su cuerpo, su mente trataba de comprender que aquello estaba sucediendo realmente con Marcos Allende.

—Ahí está su hotel, señor.

Marcos maldijo en voz baja y la acercó a él. La abrazó con fuerza.

–Terminaremos esto arriba –susurró.

Virginia se recolocó el pelo. ¿Arriba? ¿Qué diablos estaban haciendo?

Marcos se rió al ver su cara y le dio un beso en la frente.

–Debería haber sabido que arderíamos de deseo –murmuró.

El Mercedes aparcó frente a un hotel rodeado de palmeras y Virginia recuperó su bolso mientras Marcos salía del coche y se dirigía hacia su lado para abrirle la puerta.

Su mirada brillante y oscura no abandonó su rostro ni un segundo. Sus ojos parecían decir: «Nos hemos besado. Te he tocado. Sé que me deseas».

Y por un instante Virginia sólo deseó olvidar por qué estaba allí y quién era; dejarse llevar por aquel hombre, sólo una noche, en aquella ciudad.

Como si hubiera adivinado sus pensamientos, Marcos le acarició la cara y dijo:

–Arriba.

La promesa se hundió en su cuerpo como un cuchillo mientras Marcos se alejaba para discutir algo con el chófer. Y Virginia se quedó allí como hipnotizada, observando sus manos grandes y bronceadas. Manos que había sentido sobre su cuerpo.

Apretó los dientes y luchó contra la excitación que aún recorría su cuerpo. Marcos estaba jugando con ella. Estaba fingiendo. Era un hombre que haría cualquier cosa por ganar.

Marcos parecía ajeno a su frustración cuando regresó, le colocó la mano en la espalda y la guió hacia las escaleras.

Ella lo siguió y no, no estaba imaginándoselo desnudo, tocándola, besándola como acababa de hacerlo. No, no, no. Observó el hermoso hotel y las palmeras que marcaban el camino hacia las puertas de cristal con la intensidad de un científico con su microscopio.

El vestíbulo y su techo abovedado hicieron que la cabeza le diese vueltas. Era tan… tan… Dios, cómo la había tocado. Con aquellas manos. Era como si esas manos tuvieran que estar allí, sobre su cuerpo. ¿Cómo podía fingir tan bien? Había estado tan excitado que podría haber roto el cemento con su… su…

–¿Te gusta, Virginia? –preguntó él.

–¿El hotel? Es precioso. Encantador.

Virginia seguía sin entender que acabara de besarlo. ¡Ella! Cuyo último novio databa de los tiempos de la universidad. Ella besando a Marcos Allende. Pero él la había abrazado, le había susurrado palabras tan perversas que apenas había podido controlar su deseo.

Aun así todo había sido fingido.

Intentando recomponerse, admiró su espalda mientras avanzaba y llegaba hasta el mostrador de recepción. Las dos mujeres colocadas detrás actuaron como si fuese el dueño del hotel.

Virginia se puso a su lado y se humedeció los labios.

–He pedido una suite de dos dormitorios; quiero saber que estás a salvo. ¿Te supone un problema? –preguntó Marcos mientras firmaba el recibo.

–En absoluto –respondió ella.

–Bien.

En el ascensor, mientras subían hacia el noveno piso, el silencio parecía susurrar: «nos hemos besado».

En su mente, en su corazón, todo gritaba lo mismo. No podía evitar pensar, anticipar otro beso.

Un beso salvaje y sin control.

Tendría que contenerse. Abstenerse. Ignorarlo. Si hacía algo que pusiera en peligro su trabajo, nunca se lo perdonaría. Y nada mejor que el sexo para poner en peligro un trabajo. ¿Y si ponía en peligro su corazón? Se detuvo en ese pensamiento.

Su madre había amado a su padre con todo su corazón; a pesar de sus defectos, de su mal humor, de sus borracheras. En lo bueno y en lo malo, siempre lo había amado con devoción. Virginia siempre había sentido pena.

Porque su madre había derramado más lágrimas por un hombre de las que ningún ser humano debería derramar. Era horrible que un hombre pudiera ejercer tanto poder sobre una mujer.

Hasta en su lecho de muerte, su madre le había agarrado la mano a Virginia, y pareció aferrarse un poco más a su vida sólo para intentar salvar a su marido.

—Cuida de papá, Virginia. Necesita a alguien que cuide de él. Prométemelo, cariño. Promete que lo harás.

Virginia se lo había prometido y se había dicho a sí misma que si alguna vez entregaba su corazón, sería a alguien de confianza que la amase más que al juego y a la bebida.

Al final del pasillo, el botones salió del ascensor de servicio, pero Marcos ya estaba abriendo la puerta de la habitación. Encendió la luz y la suite se iluminó para darles la bienvenida. Cubierta con paredes tapizadas en color oro, y con una alfombra marrón, la sala de estar se abría a dos habitaciones, una a cada lado.

–Gracias –dijo él, le dio la propina al botones y metió él mismo las maletas en la habitación.

Virginia contempló el surtido de comida colocada sobre la mesa del café: bandejas de fresas recubiertas de chocolate, fruta cortada y quesos importados.

Había un periódico junto a las bandejas de plata y la palabra «muerte» resaltaba en un titular. Y una foto en color mostraba una torre de cuerpos mutilados.

Marcos echó el pestillo en la puerta y el sonido hizo que Virginia se estremeciera. Se dio cuenta de que estaban solos. Sólo él y ella.

Y su plan.

De pronto deseó saber en qué estaría pensando. ¿Pensaba que volverían a besarse? ¿Y si deseaba algo más que un beso? ¿Y si no?

Para distraerse, se acercó a la ventana, descorrió las cortinas y contempló el exterior.

–¿Vienes aquí a menudo? –preguntó.

–No –sintió cómo se acercaba por detrás–. No había razón para ello.

La proximidad de su cuerpo le calentaba la sangre y los músculos de su vientre se tensaron anhelantes. Ni siquiera estaba tocándola; era más bien la amenaza de sus caricias la que despertaba su deseo.

En la oscuridad de su dormitorio, por las noches, se preguntaba si Marcos sería tan despiadado en la cama como en los negocios. Y si sus besos serían tan oscuros y devastadores como prometían sus ojos.

Lo eran. Desde luego que lo eran.

El aire parecía gritar para que se diera la vuelta y lo besara.

Marcos le colocó una mano en el hombro y fue como si su cuerpo se incendiara al instante.

–Éste es un barrio seguro. No te perderé de vista, Virginia.

Pero no era el peligro de fuera el que preocupaba a Virginia. Era ella misma. Era él. Se mantuvo muy quieta, temiendo apoyarse, temiendo moverse y rozar su cuerpo.

–¿Cómo era cuando eras joven? –preguntó.

Entonces comenzó a mover la mano y a dibujar formas de fuego sobre su brazo.

–Entonces no era tan peligroso. Crecí en las calles. Me escapaba con los trabajadores de mi padre en busca de aventuras.

Marcos agachó la cabeza y brevemente, sólo como un susurro, colocó la boca en su cuello y le provocó un intenso escalofrío.

–Ahora ya ni siquiera es seguro contratar guardaespaldas. La gente adinerada tiene armas y coches blindados.

Virginia cerró los ojos.

–¿Tierra de nadie? –preguntó con voz rota.

De pronto él detuvo sus movimientos.

–¿Estabas fingiendo cuando me has besado?

Ella asintió inmediatamente.

Marcos vaciló y luego murmuró:

–¿Deseas…?

–¿Qué?

–Ya lo sabes.

–No sé lo que quieres decir –lo sabía perfectamente. Claro que lo sabía.

–Besarme… Tocarme…

Temblando como una hoja en una tormenta, Virginia se zafó de él y se alejó aturdida.

–Ya te he dicho que puedo fingir sin problemas.

Se dirigió hacia el sofá, se desplomó en él y miró la comida de nuevo, pero sus ojos no vieron nada.

¿Debía mantenerse fuerte y resistirse a lo que su cuerpo y su corazón deseaban cuando podía tenerlo?

–¿Eso ha sido fingido? –preguntó Marcos pasándose una mano por el pelo.

–Por supuesto –parecía tan sorprendido y molesto que Virginia podría haberse reído. Sin embargo su voz adquirió un tono formal–. De modo que te marchaste. ¿Y tu padre se quedó aquí? ¿En esta ciudad?

Marcos se rió durante unos segundos y, cuando finalmente se recuperó, se pasó la mano por la boca, como si no pudiera soportar el recuerdo de su beso. Finalmente asintió.

–Es usted buena, señorita Hollis. Lo admito.

–¿Qué te hizo marcharte? –preguntó ella.

Él arqueó una ceja y, en esa ocasión, cuando se rió Virginia supo que era por su intento de conversación.

–Bueno –dijo mientras apoyaba la espalda en la pared y se cruzaba de brazos–. La… mujer de mi padre se quedó con la empresa. Era ella o yo, y la eligió a ella. Pero me prometí a mí mismo que, cuando regresara, la empresa de transportes sería mía.

Su voz. A veces la oía, pero no eran las palabras, sino el acento, la gravedad. Marcos era imponente y Virginia podría fingir todo lo que quisiera, pero el hecho seguía siendo que sería una estúpida si olvidase su puesto. Y tenía que asegurarse de que el incidente del coche no volviera a repetirse.

–Marcos, lo que ha ocurrido aquí y en el coche ha sido…

–Sólo el principio.

–Estábamos fingiendo.

–Sí. Lo que tú digas.

–Me pediste que fingiera, por eso estoy aquí, ¿verdad?

Su silencio se prolongó tanto que resultaba ensordecedor. ¿Estaría ella allí por otra razón? ¿Una razón perversa y retorcida?

A juzgar por la determinación de su mandíbula, sabía que, si tenía otros planes, no iba a confesárselos allí mismo.

Volvió a mirar la comida. El olor del limón, del pan caliente, del queso y de la fruta se le metía por la nariz, pero tenía el estómago demasiado cerrado para comer.

–¿A qué hora tengo que levantarme mañana?

–Podemos cenar ahora. No es necesario que nos levantemos con el sol –contestó él.

Virginia señaló a ambos lados de la sala. Necesitaba alejarse de él.

–¿Y cuál es mi habitación?

–Elige la que quieras.

Virginia se dirigió a una de las puertas y se asomó. Una cama grande, con postes, colcha azul y blanca. Muy bonita. Fue luego a la otra.

–Supongo que me da igual cualquiera –admitió finalmente.

Le sonrió desde la puerta y, aunque él le devolvió la sonrisa, ambas parecían vacías.

Y en ese instante Virginia se dio cuenta de dos cosas. Se dio cuenta de que jamás en su vida había deseado nada tanto como deseaba a aquel hombre. Y se dio cuenta de que, si volvía a besarla, o a tocarla, o si seguía mirándola así, perdería su corazón para siempre.

–Buenas noches –dijo, y no esperó a oír su respuesta.

La habitación que eligió era la que tenía la colcha rosa y el cabecero tapizado. No cuestionaba que, por las apariencias, Marcos deseara compartir habitación con su «amante». Pero aun así cerró la puerta con el pestillo.

Mientras se cambiaba, pensó en lo que había leído sobre Marcos y Monterrey. Colocó la ropa en las perchas del armario y acarició la que él le había comprado.

Se puso su camisón de algodón, ignoró las otras prendas de seda, encaje y satén, y se metió en la cama. Se le puso la piel de gallina al pensar que él estaba en la otra habitación. Un ventilador daba vueltas colgado del techo. Y el eco de sus palabras retumbaba en su cabeza una y otra vez. «Fingiré que eres ella».

Cerró los ojos con fuerza. «No eres tú, Virginia», se dijo a sí misma.

Se llevó un dedo a la boca y recordó el placer. En el fondo sabía que era ella. Era ella a la que Marcos deseaba. Había soñado con él en privado, pero los sueños eran inofensivos hasta que se hacían realidad.

Marcos Allende.

Desearlo era la sensación más inquietante e insegura que jamás había tenido.

No podía dormir.

El reloj ya pasaba de la una y Marcos no paraba de dar vueltas en la cama. Se había destapado, se había maldecido a sí mismo por pensar que un beso sería suficiente para acabar con la obsesión que tenía por ella.

Luego estaba la empresa.

Tenía que planearlo todo; no podía dejar lugar a la improvisación. Tenía que cebar su odio por Marissa, estar preparado para aplastarla de una vez por todas.

Pero no podía pensar en nada que no fueran los besos del coche.

Se quedó despierto contemplando el techo, contando mentalmente los pasos hasta su habitación. ¿Veinte? Quizá menos. ¿Estaría dormida? ¿Qué se pondría para dormir? ¿Ella también estaría acordándose? Qué pesadilla.

No debería haberle pedido que lo acompañara.

No había pensado en la empresa. No había hecho más que recordar la manera en la que lo había besado y en como él aún deseaba besarla.

Se incorporó y miró hacia la puerta de su habitación. Deseaba que Virginia se rindiese. Deseaba algo de ella, un momento robado, algo que ella no hubiera planeado darle, pero a lo que no pudiera evitar renunciar. Era cautelosa por naturaleza. Temería echarlo todo a perder, todo aquello por lo que había trabajado, todo lo que había intentado conseguir. Un trabajo fijo, seguridad, respeto. ¿Podía él garantizar que todo aquello seguiría igual cuando acabaran? ¿Podrían seguir trabajando juntos, ardiendo de deseo el uno por el otro?

El beso le había dejado aturdido; obviamente aún no podía pensar con claridad. Se levantó de la cama y se puso la camisa.

Pensaba revisar de nuevo las cuentas, asegurarse de que la cantidad que pensaba ofrecer por Allende era baja, pero lo suficientemente justa para comprarla.

Pero en vez de eso se olvidó de sus archivos y se

encontró a sí mismo de pie frente a la puerta de su secretaria, con la mano en el picaporte y el corazón a punto de salírsele del pecho.

Giró el picaporte, convencido de que seguramente Virginia habría cerrado la puerta por dentro.

Su corazón dejó de latir al darse cuenta de que se había equivocado. La puerta estaba abierta. Lo único que le separaba ya de Virginia Hollis eran sus malditos escrúpulos.

Capítulo Cinco

–¿Has dormido bien?

–Por supuesto. Maravillosamente bien. ¿Y tú?

–Perfectamente.

Hasta ahí llegó la conversación a la mañana siguiente durante el desayuno. Hasta que Marcos comenzó a leer el periódico.

–¿Puedo pedirte un favor? –preguntó.

Virginia levantó la mirada y observó su rostro recién afeitado. «Un beso», pensó con un nudo en el estómago. Una caricia. Un segundo beso para borrar el recuerdo del primero.

–Espero que no sea nada demasiado drástico –dijo por fin.

–¿Drástico?

–Oh, ya sabes… asesinato. Chantaje. No creo que pudiera salir impune de eso.

Marcos dejó el periódico a un lado, apoyó los codos en la mesa y se inclinó hacia delante.

–¿Qué tipo de jefe crees que soy?

«Uno al que deseo», pensó ella. «Uno que me besó».

Esos músculos fuertes y anchos bajo su camisa podían pertenecer a un guerrero.

Dios, ya no hacían hombres así.

Virginia había mentido. No había dormido nada. Si hubiera estado desnuda, en la oscuridad, a pocos metros de un león hambriento, tal vez habría podido dormir. Pero no. Había estado a pocos metros del hombre de sus sueños, recordando el beso que habían compartido, y su cuerpo parecía gritar por todos los años en los que no había permitido que nadie la amase.

Tras yacer en la cama durante horas, por alguna extraña razón se había puesto en pie y había inspeccionado la ropa que Marcos le había comprado… y se había puesto algo sexy. Un camisón blanco de seda que se ceñía a su cuerpo. Con el corazón latiéndole con fuerza, le había quitado el pestillo a la puerta, había regresado y había comenzado a esperar sin dejar de mirar hacia la puerta.

El picaporte había empezado a girar y el pulso se le había acelerado. Había esperado minutos, pero la puerta no se había abierto. No había ocurrido nada. ¿Habría cambiado de opinión? Cansada de esperar, se destapó y salió de la cama.

La sala de estar estaba vacía. Y entonces, dividida entre una necesidad sin nombre y la necesidad de sobrevivir, había regresado silenciosamente a la cama.

Y ahora, como si nada hubiera ocurrido, le preguntaba que qué tipo de jefe creía que era.

—Uno que nunca me ha mordido —respondió ella.

Él se carcajeó al instante y Virginia se puso en pie tras perder por completo el apetito. Él la siguió.

—Me gusta el vestido —dijo mientras estudiaba la prenda. Era un vestido muy bonito. Verde, a juego con sus ojos.

—Gracias, a mí también me gusta. ¿Cuál es el favor?

Marcos se acercó a ella, la agarró por la barbilla y

le levantó la cabeza. Una oscuridad extraña eclipsó sus ojos, y su voz adquirió un tono grave.

–Sólo di «Sí, Marcos».

Virginia sintió un vuelco en el corazón. Su voz sonaba increíblemente sexy por la mañana. Se zafó de él y se carcajeó.

–Ni siquiera sé a lo que estoy accediendo –dijo.

Marcos la rodeó lentamente con los brazos, como si fuera una boa constrictor.

–¿No puedes imaginártelo?

Algo explotó dentro de su cuerpo, y no era miedo.

Lujuria. Deseo. Todo lo que no quería sentir.

–Sí a pasar la semana en mi cama, Virginia. Di que sí.

¿Estaba loco?

–Vaya –dijo ella–. Jamás me habían hecho una proposición tan descarada.

–No quiero jugar contigo. Sólo pretendo complacerte. No pienso en otra cosa. ¿Estás interesada? –preguntó mientras le acariciaba la cara como si fuera una escultura de porcelana.

¿Interesada? Estaba ardiendo, estaba asustada, confusa, y odiaba pensar, darse cuenta de que no podía estar a su altura.

Debería haber sabido que, si Marcos alguna vez intentaba algo con ella, sería como siempre era; fuerte, como un toro en estampida. Intentaba respirar, las piernas le temblaban, y sentía que sólo se sostenía con la fuerza de sus brazos.

–¿Una semana?

–Siete días. Siete noches. Noches de placer más allá del que puedas imaginar.

–¿Y si yo no puedo darte ese placer que deseas?

–Aceptaré cualquier placer que puedas darme, Virginia. Y tú aceptarás el mío.

No cabía duda. Su voz sexy y profunda era la cosa más erótica que había oído jamás.

–¿Y si digo que no estoy interesada?

–Si es eso lo que deseas –contestó él con una carcajada–. ¿No te lo has preguntado? –agachó la cabeza y rozó sus labios levemente, lo justo para atormentarla y provocarle un escalofrío–. Anoche dejaste la puerta abierta y estuve a punto de abrirla. No tienes ni idea.

–Oh, Dios –susurró ella.

–Querías que fuera, me querías en tu habitación, en tu cama.

–No… no puedo hacer esto.

Marcos deslizó las manos por su espalda y la apretó contra su cuerpo.

–Sí puedes. Tu cuerpo me habla. Se vuelve suave junto al mío, se amolda a mí. Dilo con palabras.

No había manera de escapar de su mirada.

–No puedo, Marcos.

Furioso, Marcos la soltó y durante unos segundos pareció que iba a salir de la habitación. Parecía muy frustrado. En vez de eso se dirigió hacia la ventana y se apoyó en el marco.

–Nada más verte por primera vez, te plantaste en mi cabeza. Estoy volviéndome loco, Virginia, porque una vez estuve seguro de que estabas loca por mí. No puedes evitar mirarme así. Tal vez otros no se den cuenta, pero yo sí. ¿Por qué te resistes?

–Estás sugiriendo que mezclemos negocios con placer –respondió ella.

Se daba cuenta de que la deseaba desesperadamente. Como nunca nadie la había deseado. Y tal vez disfrutara si se dejase desear así.

Así que, con un vuelco en el corazón, respondió:

–Lo pensaré durante la comida.

Cuando llegaron al vestíbulo, Marcos le colocó una mano en la espalda.

–Si quieres que todo el mundo sepa que estás nerviosa, sigue sin estarte quieta.

–¿Quién se está moviendo?

Marcos le agarró una mano temblorosa y la entrelazó con la suya sin dejar de sonreír.

–Ahora nadie. Sonríe, ¿quieres? Haz como si te gustara.

El corazón estuvo a punto de salírsele del pecho al sentir su mano, pero no rechazó el contacto y siguió andando. Se decía a sí misma que aquello debía ser fácil. Nada más verla, todos pensarían que estaba enamorada de él.

Impulsivamente, Virginia tomó aliento y aspiró su aroma. Se sintió extrañamente protegida. Habían pasado una mañana maravillosa, hablando de todo y de nada mientras la acompañaba al centro comercial del otro lado de la calle.

Entraron al restaurante y más allá del vestíbulo estaba la mujer más hermosa que Virginia había visto jamás. Alta, rubia y hermosa. Sus labios eran rojos, sus uñas eran rojas. Llevaba una chaqueta de cuero a juego con una minifalda blanca y unos zapatos con tacones de vértigo. Su cara se iluminó como un foco al ver a Marcos, pero se oscureció al recaer en la presencia de Virginia.

Se puso en pie y se acercó a ellos.

–Has crecido –le dijo a Marcos, y le dirigió a ella una mirada fría–. Y no estás solo.

De un solo vistazo, Marissa analizó el vestido verde esmeralda de Virginia.

–Virginia Hollis, Marissa Gálvez –dijo Marcos.

Nerviosa, Virginia asintió con la cabeza y le dirigió a la otra mujer una sonrisa. Se dieron la mano y ocuparon sus asientos.

Por encima de la mesa, Virginia le dio la mano a Marcos y vio cómo sonreía. Entonces sintió el apretón de gratitud que Marissa debió de interpretar como afecto. Se hizo el silencio. Cada minuto resultaba más agónico.

Los ojos azules de Marissa brillaban con un tumulto de emociones.

–¿Por qué no viniste a verlo? Él te lo pidió.

Virginia se puso tensa. Aquélla sí que era una frase directa para empezar. ¿Pero qué sabía ella?

Marcos respondió con frialdad.

–He venido.

–Un día tarde.

–Tal vez si hubiera enviado a alguien a buscarme, habría venido antes –contestó él–, pero ambos sabemos que no fue él quien me llamó.

–¿Por qué no iba a llamar a su hijo en su lecho de muerte?

–Porque es un Allende.

–Murió con su orgullo, pero yo veía cómo miraba hacia la puerta todos los días. Deseaba verte. Cada vez que yo entraba, él… apartaba la mirada.

Marcos estaba jugueteando con los dedos de Virginia. ¿Se daría cuenta? Parecía servir para distraerlo.

–¿Acaso no deseaba verte, Marissa?

–No era él en los últimos días –respondió la rubia con mirada de hielo–. No sé qué le pasaba. Estaba muy raro.

–Si arruinas tu vida por una mujer, supongo que estás destinado a arrepentirte, y a actuar de un modo extraño –respondió Marcos, como refiriéndose a las palabras que ella había dicho en español.

Un camarero vestido de blanco y negro tomó sus pedidos. Virginia pidió lo mismo que Marcos, deseando poder probarlo todo, pero sin querer parecer una glotona. Cuando el camarero se marchó, Marissa la miró fijamente.

–No pareces el tipo de Marcos –comentó.

Virginia se volvió hacia Marcos sin saber cómo contestar, y él le levantó la mano y le besó los nudillos.

–¿No te alegra oír eso, amor?

Virginia se estremeció al sentir sus labios e instintivamente le acarició la cara con los dedos.

–¿No viste a tu padre antes de que muriera? –preguntó.

–No –respondió él, y en esa ocasión no dejó de mirarla cuando le besó la mano.

En aquel momento fue como si no hubiera nadie más en el restaurante, en el hotel, en el mundo entero.

–Tú jamás abandonarías a tu padre –murmuró Marcos–. Admiro eso.

–Tal vez él supiera que lo amabas y comprendiera que tú también te aferrabas a tu orgullo, como él –sugirió Virginia.

–¿Marcos? ¿Amor? No reconocería el amor ni aunque se tropezase con él –intervino Marissa–. De todas formas es culpa mía que te marcharas. Ya he pagado por mi error, te lo garantizo.

Marcos no respondió. Había bajado la mirada y contemplaba de nuevo la mano de Virginia mientras la acariciaba con el pulgar. Parecía preferir eso antes que cualquier otra cosa. Siguió acariciándola. Luego la colocó sobre su muslo, después bajo su brazo. Parecía desearlo realmente. ¿Estaría fingiendo? Cuando la miró, había calor en sus ojos. ¿Eso también sería fingido?

Marissa mencionó Allende y Marcos, preparado para la discusión, respondió de inmediato. Su voz era como una caricia para Virginia cada vez que hablaba. Su reacción era siempre la misma: un escalofrío. Aunque ella no quería reaccionar. No debería.

Mientras el camarero les servía la comida, pensó en su padre, en las veces que la había decepcionado y enfadado, y pensó en lo dolida que tendría que llegar a estar para no volver a verlo. A veces había deseado marcharse, fingir que él no existía, y esas veces se sentía la peor hija del mundo por pensar así.

Marcos no era un hombre sin corazón. Sacaba la cara por su hermano. Él mismo se lo había dicho. ¿Pero qué le habría hecho su padre para generar tanto odio?

Obtuvo su respuesta quince minutos más tarde, después de comerse el chile relleno más picante del continente y de beberse cinco vasos de agua para demostrarlo. Se excusó para ir al cuarto de baño y estaba a punto de regresar a la mesa cuando oyó las súplicas de Marissa a través del pasillo.

–Marcos, si me dieras una oportunidad…

–Estoy aquí para hablar de Allende. No de cómo retozabas en la cama de mi padre.

–Marcos, era joven y él era tan… tan poderoso, estaba interesado en mí de una manera en que tú nunca lo estuviste. Tú jamás me pediste que me casara contigo. ¡Jamás!

Marcos no respondió a eso. Virginia no se dio cuenta de que se había quedado parada hasta que el camarero se acercó a preguntarle si estaba bien. Ella asintió, pero no era capaz de mover las piernas hacia la mesa. Le dolía tanto el pecho que sentía como si alguien le hubiese arrancado la cabeza. Marissa Gálvez y Marcos. Así que ella era la razón por la que Marcos no había vuelto a hablar con su padre.

–Tú nunca me decías si te importaba, mientras que él… a él le importaba. Me deseaba más que a nada –Marissa se detuvo, como si se hubiera dado cuenta de que Marcos no estaba interesado en su conversación–. ¿Y quién es esta mujer? Es un poco simple para ti, ¿no?

–¿Virginia? ¿Simple? –Marcos se carcajeó.

Virginia oyó los susurros de Virginia y luego los de él, y entonces algo horrible se apoderó de ella. Recordó lo difícil que era para una niña pequeña asimilar los susurros.

«El padre siempre está jugando… dicen que está loco…».

En esa ocasión hablaban de ella, no de su padre. No oía lo que decían, sólo sentía la humillación y el dolor. Su padre la había puesto en esa posición una vez más. No. Había sido ella misma. Fingir ser la amante de un hombre al que deseaba y luego quedar como una tonta frente a alguien que probablemente hubiera sido su amante de verdad.

Los celos comenzaron a devorarla por dentro. No

tenía derecho a sentirse así, él jamás le había prometido nada, y aun así lo sentía. En su mente había glorificado el beso del día anterior y había empezado a fantasear con que Marcos deseara realmente estar con ella esa semana. Estúpida. Incluso se había dicho a sí misma que tal vez disfrutara compartiendo su cama.

Se sentía rígida cuando por fin llegó a la mesa. Se sentó en silencio y se concentró en el postre. Intentó saborearlo y disfrutarlo, y aun así su rabia aumentaba, como si realmente fuese su amante, como si tuviera algo que reclamarle.

Cuando intentó agarrarle la mano, le costó un gran trabajo no apartarla.

Si no estuviera sentada estaría golpeándose a sí misma por ser tan fácil. Tomó aire y lo mantuvo mientras Marcos se llevaba su mano a la boca y le besaba los nudillos.

Su corazón desbocado pedía más, pero el beso de Marcos era menos obvio que la noche anterior, más como un susurro en la piel. Cada beso que le daba era como una caricia en el alma.

Como una bofetada en la cara.

«Dicen que su padre está loco…».

Virginia apartaría la mano en unos segundos. Sólo deseaba un poco más. Más besos en la mano. Más fuego entre las piernas. De pronto algo se movió.

El teléfono de Marcos.

Le colocó la mano en el regazo y susurró:

—Es de la oficina. Tengo que contestar.

Virginia emitió un sonido ahogado que pretendía ser de aceptación. Vio cómo desaparecía entre las mesas. Ya lo echaba de menos. Miró a su alrededor. Toda la gente estaba comiendo, charlando. El mundo no se había detenido como le había parecido a ella.

Se recostó en la silla y se sintió incómoda bajo el escrutinio de Marissa.

–Así que lo amas –dijo Marissa.

Virginia estuvo a punto de negarlo, ansiosa por salvarse de esa acusación, que también implicaba que fuese una estúpida, y entonces se dio cuenta de que Marcos contaba con ella para fingir que lo amaba.

–Lo… –le costaba trabajo pronunciar las palabras «lo amo». Era como si se le hubiera congelado la lengua. Lo único que deseaba decir era que lo odiaba.

Lo odiaba a él y odiaba aquel plan absurdo, y odiaba lo bien que fingía desearla.

Así que en vez de eso asintió y dejó que Marissa pensara lo que quisiera.

El aroma de Marcos se le metió en la nariz antes de que volviera a sentarse a su lado. Virginia se quedó mirando al frente y, para evitar sentirse más furiosa con sus besos, se guardó las manos bajo los muslos.

Se mantuvo callada el resto de la comida.

Oyó que Marissa los invitaba a una fiesta al día siguiente mientras consideraba la oferta de Marcos.

Se dijo a sí misma que no le importaba saber qué tipo de oferta le había hecho.

Capítulo Seis

Algo había cambiado.

Virginia había cambiado. Era diferente y aun así él sentía lo mismo. El vuelco en el estómago, los latidos acelerados del corazón, el picor en las manos, el deseo en el cuerpo.

Su secretaria parecía estar luchando por comprender lo que había presenciado.

Habían pasado una mañana tan agradable que había estado seguro de dónde irían por la noche.

Ya no estaba tan seguro.

No estaba seguro de nada.

La llevó a la sala de estar de la suite y se quedó allí, con la chaqueta en una mano, mirándola. Dejó a un lado la chaqueta y sintió como si le faltara el aire. ¿Estaría decepcionada tras comprobar lo mal hijo que había sido con su padre? ¿Habría perdido su admiración? ¿Su respeto?

Sintió un nudo en el estómago al pensarlo. Dio un paso al frente, hacia ella. El calor de su respiración furiosa le daba ganas de sentir su cuerpo, de saciarlo. Se encontraba en un estado de deseo que no lograba comprender. Mirándola en silencio, se desabrochó la corbata y tomó aire.

—Yo diría que ha ido bien.

Ella ladeó la cabeza y lo miró con odio.

–No se lo ha creído ni por un momento. Que tú y yo… –apartó la mirada, asqueada–. No se lo ha tragado.

–Que lo crea o no ya no tiene importancia.

–Querías ponerla celosa.

–Celosa –repitió él, confuso por la acusación–. ¿Es eso lo que crees?

–Sí, lo es. Y siento haberte decepcionado, Marcos.

–La miro y no siento nada; ni siquiera rabia. No quería ponerla celosa, pero tampoco quería que me hiciera insinuaciones para meterse en mi cama.

–Porque es lo que realmente deseas. De lo contrario no necesitarías que yo estuviera en medio.

Marcos la agarró por los brazos y la zarandeó.

–¡Escucha! –exclamó–. Sólo hay una mujer a la que deseo en mi cama. Una. Y llevo deseándola demasiado tiempo.

–¡Entonces vete por ella!

La empujó hacia el dormitorio.

–Oh, claro que iré por ella, y la tendré justo donde quiero –la arrastró hacia él, tiró del vestido hacia abajo y su aroma inundó sus sentidos. Le agarró el pulgar con dos dedos, le levantó el pecho y se lo llevó a los labios–. Pensar en ti me vuelve loco. Quiero probarte. Quiero que me entregues tus labios, quiero sentir mi cuerpo en el tuyo. Quiero hacerte llegar al orgasmo mientras gritas mi nombre una y otra vez.

Virginia le agarró la cabeza y gimió. Marcos podía sentir su deseo aumentando. Le agarró las muñecas con las manos y se las colocó por encima de la cabeza.

–Te quiero en mi cama.

–Marcos…

–No te lo rogaré, Virginia. No volveré a preguntártelo. Te deseo… y estoy fuera de control. Tú compartes ese deseo. Me deseas tanto que tiemblas. No lo niegues.

Tenía la respiración entrecortada. El brillo desafiante murió en los ojos de Virginia cuando ella se fijó en sus labios. Marcos gimió y tiró de su cabeza para besarla. El deseo amenazaba con consumir su mente, su cordura. Se dejó llevar por el beso, por su sabor. Su mente se aceleró, su sed por ella aumentó. Una y otra vez pensaba en ser tierno, pero una y otra vez la respuesta de Virginia se intensificaba y pedía más.

La agarró y la lanzó sobre la cama antes de arrancarse la camisa.

Ella se arrodilló sobre el colchón y comenzó a desabrocharse el vestido.

—¿Me deseas? —preguntó él mientras la veía desnudarse.

—Sí.

Marcos se quitó el cinturón y lo tiró al suelo.

—Túmbate.

El corazón le palpitaba con fuerza mientras esperaba a que obedeciera, consciente de su erección, escuchando su respiración entrecortada. Virginia se echó hacia atrás y se levantó el vestido hasta dejar ver sus bragas azules. Y era… No había palabras. Aquellas prendas quedaban perfectas sobre su piel… Deseaba utilizar los labios para arrancárselas, sus dientes… No, no podía esperar; necesitaba sentir su piel.

Se lanzó sobre ella, la atrapó bajo su cuerpo y le levantó los brazos.

—Tomarás lo que puedo darte. Todo, amor.

—Sí.

Virginia forcejeó bajo su peso, pero él la tranquilizó con su boca y la clavó a la cama, desnudo encima de ella. La agarró del pelo y la mantuvo allí.

–Me va a encantar hacer esto contigo.

Ella suspiró y se retorció contra él como un gato.

–Fingiré que me gusta.

Su voz sonaba áspera, llena de deseo, invitándole a hacerle todo tipo de cosas. Le agarró los pechos por encima del sujetador y le lamió el cuello.

–Oh, claro que te gustará. Me aseguraré –susurró antes de pellizcarle un pezón–. Este pequeño pezón finge muy bien.

Virginia se recostó y lo arrastró hacia ella. Lo rodeó con los brazos y deslizó las manos por su espalda. Él se estremeció. Podría perderse en sus ojos, en su cuerpo, en ella.

–Di «Marcos». Susurra mi nombre.

–Marcos.

Virginia no sabía de qué parte de su cuerpo nacía aquella determinación, aquel coraje, aquel deseo desesperado. Sólo sabía que lo necesitaba. Dejaba su mente en blanco, sus sentidos. No se había dado cuenta de lo que haría, de cómo lucharía por estar con aquel hombre hasta que había visto a Marissa.

Apenas había terminado de pronunciar su nombre, una palabra que reflejaba toda la pasión que sentía, y él ya estaba allí, gimiendo su nombre antes de volver a besarla. Un sinfín de mariposas explotó en su vientre cuando sus labios se encontraron. La cabeza le daba vueltas.

Sintió como Marcos le desabrochaba el vestido y éste se abría hacia los lados.

–Es importante que tu cuerpo se familiarice con mis caricias. Todo tu cuerpo. Quieres que Marissa nos crea, ¿verdad? Si quieres que los demás lo crean, tienes que creerlo tú también. Tu cuerpo ha de saber responder cuando lo toque.

Un sonido ahogado rompió el silencio y Virginia se dio cuenta de que salía de ella. Marcos le agarró un pecho. Era tan maravilloso. Enseguida lo detendría... un minuto más... No, no lo detendría. Esa noche no. Tal vez nunca.

Sin abandonar sus labios, Marcos deslizó su otra mano por su vientre y más abajo.

—Es importante que conozca tus curvas... la textura de tu piel...

Virginia sentía todos sus músculos contra ella. Sus dedos deslizándose hacia abajo. Lugares olvidados dentro de ella se tensaron esperando sus caricias. Abrió la boca y le lamió la lengua.

—Marcos.

—Estás empapada.

Su voz sonaba áspera. El deseo era evidente. La mano que tenía entre las piernas comenzó a deslizarse bajo sus bragas. Se arqueó involuntariamente cuando Marcos deslizó un dedo suavemente sobre la unión de sus muslos. Gimió y hundió la cabeza en la cama mientras él la acariciaba más deliberadamente.

Nunca había pensado que una caricia pudiera ser como el fuego, deslizarse por su cuerpo hasta sentir como todo ardía en su interior. Movió las caderas involuntariamente y sintió su palma entre los muslos.

—Marcos... —era un ruego.

—Shh —dijo él antes de darle un beso en la sien—. Ábrete para mí —con la otra mano tiró del sujetador y dejó al descubierto su pecho izquierdo. Virginia vio el momento en que su pezón erecto desaparecía bajo sus labios. Un torrente de placer recorrió su cuerpo al sentir la humedad de su boca rodeándola. Echó la cabeza hacia atrás y gimió.

Instintivamente estiró el brazo y le acarició la cabeza. Él gimió con gravedad y siguió torturándola con su lengua y con sus dientes.

Deslizó la mano ligeramente e introdujo los dedos con destreza bajo sus bragas.

Con un dedo comenzó a acariciar su parte más húmeda, y a abrir sus pliegues lentamente.

Ella se retorció sorprendida, intentando liberar el calor que se acumulaba en su interior.

–Duele.

Él la penetró. Con la lengua. Con el dedo. Virginia se arqueó y gimió. Cientos de colores explotaron bajo sus párpados cerrados. Marcos regresó a su boca de nuevo con más fuerza.

Virginia sentía la piel húmeda a pesar de que cada célula en su cuerpo ardía. Con un gemido profundo, él le colocó una mano en el pelo y le echó la cabeza hacia atrás para besarle el cuello. Era como si su piel fuese su único sustento.

–Quiero llenarte –le susurró al oído.

–Sí.

–Deseas que te llene –su dedo se movía cada vez más deprisa–. Necesitas que acabe con ese dolor.

–Me haces perder el miedo, Marcos. Me haces…

–Arder –concluyó él–. No puedo creer lo húmeda que estás. ¿Estás fingiendo, amor?

–No.

Virginia sintió su lengua en su sexo y oyó los sonidos húmedos que provocaban sus caricias. Se sintió avergonzada y excitada a la vez.

–Shhh. Toma mi dedo –murmuró él mientras introducía el dedo en su interior–. Pronto te daré dos. ¿Quieres dos?

–No –dijo ella, aunque mentía. Era su cuerpo quien mandaba.

–Mmm –introdujo dos dedos con un movimiento firme–. Fingiré que eso era un sí.

–Marcos, por favor…

–Dios, qué receptiva –continuó torturándola con las manos mientras la miraba–. Sentías celos por mí.

El ardor se intensificó junto con la tensión de su vientre.

–Sí –respondió con los ojos cerrados.

–Me gusta.

–Marcos…

Estaba observándola, viendo el efecto que tenían en ella sus caricias. Cada vez que jadeaba, o gemía, su cara se tensaba. Virginia nunca había imaginado hasta dónde llegaba su pasión y le sorprendía la desinhibición con la que se entregaba a él.

Suavemente, Marcos le retiró los dedos y metió una mano entre sus cuerpos.

–Tócame.

–¿Dónde?

–Aquí –se giró sobre su cuerpo. Las sábanas se deslizaron por debajo de sus caderas y sus cuerpos quedaron al descubierto, perfectamente alineados. Su parte más dura palpitaba contra su mano–. Siénteme. Siente cómo te deseo. Esto no es por ella, Virginia, es por ti.

Presionó las caderas contra ella y, cuando Virginia se dejó llevar, deslizó su erección sobre su humedad a través del encaje de las bragas. Gimieron al mismo tiempo. Marcos presionó con más fuerza y ella sólo deseaba morir.

A juzgar por los movimientos erráticos de su pecho, Virginia sospechaba que, a pesar de ser más grande y poderoso que ella, era tan vulnerable como ella a la química que había entre ambos. Bajo sus dedos, la piel de Marcos era cálida y húmeda, así que continuó explorándolo, asombrada por su textura suave y sedosa.

Marcos le cubrió los pechos con las manos. Los callos de sus palmas eran palpables a través del encaje, y sus senos se hincharon bajo sus caricias.

Virginia apoyó la mejilla en la almohada y cerró los ojos para intentar luchar contra aquella intimidad. Era difícil imaginar que ella no era su amante ni él era el suyo.

Marcos hundió la cabeza entre sus pechos, mordió el lazo del centro del sujetador y ella sintió la presión de sus dientes sobre la piel.

Él le pasó la mano por la espalda y le desabrochó el sujetador. Cuando sus pechos quedaron al descubierto, Virginia se cubrió instintivamente con las manos.

–Quiero verlos –dijo él. Le apartó las manos y las colocó sobre sus hombros. Sus ojos oscuros contemplaron sus pechos con interés–. Son preciosos.

Virginia suspiró al sentir su pulgar en el pezón. Sus ojos se oscurecieron aún más, si acaso eso era posible.

–¿Quieres sentir mi boca ahí?

–No lo sé.

Deslizó la lengua sobre la punta.

–Sí lo sabes –cerró los ojos y la acarició con la nariz–. ¿Quieres sentir mi boca ahí?

–Sí.

–Así –susurró él tras lamerla.

–Sí.

Mordisqueó entonces suavemente.

–O así.

–Las dos –respondió ella con un escalofrío.

Marcos la mordió con los labios y luego absorbió con fuerza.

–Mmm. Como una frambuesa.

Ella cerró los ojos con fuerza. La sensación de ser devorada por su boca era insoportable.

Mientras absorbía su otro pezón, deslizó la mano entre sus piernas.

–También quiero llevar mi boca ahí –murmuró mientras exploraba con los dedos entre sus pliegues.

Ella gimió y se retorció, llevada por una mezcla de vergüenza y de placer mientras él invadía su parte más íntima.

–No… la boca no.

–¿Pero puedo tocar?

Al borde del abismo, Virginia vio cómo él desliza-ba un dedo en su interior.

–Sí –contestó con un gemido.

–Chiquitita –dijo él mientras la exploraba–. Chi-quitita mía.

Ella se arqueó y le ofreció su cuerpo. Mientras él seguía penetrándola con el dedo, sintió una presión maravillosa acumulándose en su interior.

–Un minuto –susurró él mientras buscaba bajo su vestido el elástico de las bragas para quitárselas–. Y acabaremos con esta tortura.

Su pecho brillaba desnudo cuando se inclinó so-bre ella. Sus músculos estaban cargados de tensión mientras la agarraba por las pantorrillas. La miró a los ojos mientras le colocaba las piernas alrededor de sus caderas.

–Sujétate a mí. No me sueltes.

Virginia se dio cuenta entonces de que nunca lo soltaría. Conseguiría que la amase, se aferraría a él.

Marcos tiró de su cuerpo hacia sus caderas y ella lo sintió, duro y caliente, presionando contra sus pliegues. Un escalofrío recorrió su cuerpo cuando agachó la cabeza y le lamió un pezón al tiempo que la penetraba. Ella levantó las caderas para recibirlo y lo guió con las piernas y con las manos.

Gimieron al unísono cuando la penetró y sus alientos se mezclaron. Sus labios estaban tan cerca que lo único que tenía que hacer era agachar la cabeza un centímetro para capturar su boca y el gemido que siguió cuando estuvo completamente dentro de ella.

–Sí –gimió.

–Sí –repitió ella.

Una sensación de plenitud se apoderó de ella cuando Marcos comenzó a moverse en su interior. Y el dolor se transformó en placer. En oleadas de placer.

Y en ese instante adoró lo que estaba haciéndole, cómo encendía todo su cuerpo y lo llenaba de vida, cómo le ofrecía liberación. Liberación para el deseo.

Había ansiado esa liberación más que nada en el mundo.

Mientras se movía dentro de ella, mientras la tocaba y la besaba, ella emitía sonidos de aliento que parecían salir de lo más profundo de su ser; y él continuó. Entregándose, amándola.

Colocado sobre ella, con los brazos en tensión, su

cara reflejaba el placer que sentía. Ella lo memorizaba todo.

Vagamente, en su estado de felicidad, Virginia sabía que el sexo nunca volvería a ser así. Dudaba que ningún otro hombre pudiera estar a la altura de aquél.

Un sonido puramente masculino vibró contra su oreja cuando él acercó la boca a su cuello.

–Quiero verte llegar al clímax.

Comenzó a moverse más deprisa, cada vez con más fuerza, murmurando palabras carnales e ininteligibles en español.

Lo único que Virginia podía decir era «Marcos». Una y otra vez. «Marcos» a medida que él aumentaba el ritmo, embistiéndola implacablemente. Sintió como se derramaba en su interior al tiempo que las convulsiones se apoderaban de los dos entre gemidos.

–Marcos –gritó ella mientras él le besaba los pechos, los labios, el cuello–. Marcos –mientras la presión aumentaba y ella se abandonaba al éxtasis.

Capítulo Siete

Oscuridad; era difícil salir de ella. Pero un olor fuerte y familiar se le metió por la nariz. Café. Sí. Fuerte y recién hecho. Virginia se retorció en la cama. Primero estiró los brazos y después las piernas. Suspiró al sentir el agradable dolor.

–… en una hora… sí… allí estaremos…

Se incorporó de golpe al reconocer aquella voz de barítono. La cabeza le daba vueltas. Sentía una palpitación entre las piernas. Cerró los ojos y salió de la cama hasta que sus dedos descalzos tocaron el suelo enmoquetado. «Cálmate», se dijo a sí misma. No podía entrarle el pánico.

La luz del sol brillaba en el salón, y tuvo que entornar los ojos al entrar. Él estaba de pie junto a la ventana, con su camisa y sus pantalones. Parecía tener el pelo húmedo de la ducha. Tenía un brazo estirado sobre su cabeza y la mano apoyada en el marco de la ventana.

–Buenos días –murmuró ella.

Él se volvió y sonrió.

Virginia dejó su café en una pequeña mesa redonda junto al escritorio y se sentó en una silla. Marcos se acercó y le dio un beso en la frente.

–¿Has pedido que traigan aquí toda la cocina? –preguntó ella.

–Quería asegurarme de pedir lo que te gustara.

Virginia se sonrojó al recordar cómo se había acurrucado contra él después de múltiples orgasmos diciendo «por favor».

Él también parecía recordarlo; recordaba la satisfacción de amar a su amante durante toda la noche. Se le puso la piel de gallina al recordar todo lo que habían hecho: los besos, la risa, los besos, comer queso y uvas sobre la alfombra, los besos…

Habían hecho el amor hasta que Virginia creyó morir de felicidad. Y horas antes de levantase, cuando ella se había acurrucado y le había pasado una pierna por encima de las caderas, Marcos le había vuelto a hacer el amor lentamente mientras le susurraba palabras en español con cuyo significado ella sólo podía soñar.

–¿Te hice daño anoche? –preguntó él.

Con una sonrisa, Virginia tiró del cuello de su pijama y le mostró un mordisco.

–Eso tiene que doler.

–Pero de una manera agradable –dio un trago a su café y dejó la taza en la mesa–. ¿Qué?

Marcos la miraba de un modo extraño.

–¿Qué?

–Anoche me rogaste que te poseyera.

–¿Y?

–Y me gustó.

Virginia sintió un vuelco en el estómago. De pronto se le secó la boca al recordar cómo la había besado.

–Marcos, esto será muy complicado en Chicago.

–No tiene por qué serlo.

–¿Crees que podemos seguir con esto?

–Nos tocamos. Hicimos el amor cuatro veces en una noche. ¿Crees que a partir del lunes podrás parar?

–¿Qué sugieres?

–Nadie tiene por qué saberlo. Y mi sugerencia es que continuemos.

–Continuar –repitió ella.

Marcos se apoyó en la ventana y golpeó el alféizar.

–Juro que nunca había visto nada más adorable que tú, desnuda. Tus pechos.

Ella cerró los ojos y tomó aliento para obligarse a no recordar lo que le había hecho a sus pechos. Cómo los había apretado…

–Marcos…

–Gritaste mi nombre cuando estaba dentro de ti. No he podido dormir por el deseo de volver a poseerte. No dejabas de acurrucarte contra mí y yo estaba cada vez más excitado. Tuve que… ducharme.

–¿Te apetece? –preguntó ella.

–¿Qué?

–Hacerme el amor de nuevo.

–Sí.

Su vientre explotó en mil pedazos. La deseaba. Todavía. Marcos aún la deseaba. Pero no podían continuar en Chicago. No podían.

–Pero come –le dijo él con una sonrisa–. Vamos a hacer turismo.

–¿De verdad?

–Claro. Primero recorreremos la ciudad en helicóptero. Luego comeremos en el centro.

–Un helicóptero.

–¿Te preocupa?

–De hecho no. Me excita.

Comenzó entonces a devorar los huevos, los gofres y el té.

–¿Te apetecería dar una vuelta por la empresa? –preguntó él mientras desayunaba.

–Pensé que nunca me lo preguntarías.

Se le ocurrió que jamás había imaginado que pudiera tener una de esas mañanas con Marcos. Una suite en un hotel elegante, un día soleado. Una mañana maravillosa. Como marido y mujer. Hablando. Sonriendo. Riendo mientras disfrutaban del desayuno. Pero eran jefe y secretaria, embarcándose en algo que estaba mal. El aire a su alrededor estaba cargado de tensión sexual.

–¿Ella ha… accedido a tu oferta? –preguntó Virginia.

–Lo hará.

–No parecía muy interesada en hablar de negocios.

–Es un juego –dijo él–. Quiere que demande a Allende y no lo haré.

–Así que seguirás jugando a esto toda la semana.

–Probablemente no. Me marcharé con una oferta y dejaré que lo piense.

–¿Y si rechaza tu oferta?

–No recibirá otra mejor, confía en mí –dijo él mientras abría el periódico–. ¿Qué te molestó ayer?

La taza se detuvo a medio camino entre el plato y sus labios.

–Os oí hablar sobre mí. Siempre me ha resultado molesto –respondió Virginia.

Marcos dejó el periódico y la miró intensamente hasta hacer que se estremeciera.

–Te estás sonrojando.

–No es verdad.

Pero sentía la cara ardiendo, así como otras partes de su cuerpo.

–¿Es por la atención? ¿No te gusta eso?

–Lo que no me gusta es que susurren a mis espaldas.

–No puedes controlar lo que la gente susurre.

–Te equivocas –¿cómo podía pensar así?–. Puedes controlar tus acciones. Puedes no darles ninguna razón para… para susurrar.

–¿Dejarías que un cotilleo te hiciera daño, Virginia?

Su voz estaba cargada con tanta ternura que ella la sintió como una caricia.

–¿A ti nunca te han hecho daño las palabras?

–Le dije palabras a mi padre. Apostaría mi fortuna a que sí, le hicieron daño.

–¿Desearías poder borrarlas?

Marcos lo pensó con el ceño fruncido.

–No. Desearía que él se las hubiera tomado como lo que eran. Las palabras de un chico dolido empeñado en hacerle daño.

Virginia no creía que Marcos pudiera ser cruel, pero sí podía ser peligroso. Era un depredador, y le habían hecho daño.

–¿Nunca pudiste hacer las paces con él?

–Por culpa de ella.

–Marcos –dijo ella tras unos segundos–. ¿Marcos, por qué quieres destruir la compañía? Podrías arreglarla. Salvarla.

–Sería demasiado esfuerzo –dijo antes de seguir leyendo el periódico–. Ahora come. Estoy deseando enseñarte la ciudad.

–Estás deseando regresar y hacer lo que quieras conmigo.

Él echó la cabeza hacia atrás y se carcajeó.

–Veo que nos entendemos –dijo.

No podía quitarle los ojos de encima a Virginia.

Era la misma mujer a la que había deseado durante tanto tiempo, y aun así se había convertido en otra persona. Una mujer sexy que se sentía cómoda en su presencia, que sonreía, que daba su opinión.

Con los ojos brillantes cuando el helicóptero tocó tierra, Virginia se quitó los cascos y preguntó:

—¿Eso es Allende?

Él miró por la ventana y le apretó la mano.

—Sí, lo es.

Cuando salieron del helicóptero, Marcos observó el vasto edificio industrial asentado sobre ochenta hectáreas de terreno. Era más pequeño de lo que recordaba, claro que él era muy joven por entonces.

El sol brillaba sobre sus cabezas. En aquel momento Marcos no vio lo ajado que estaba el edificio, ni advirtió la grasa en los camiones y furgonetas que estaban aparcados en hileras interminables en el aparcamiento. Vio a su padre y a sí mismo, hablando del calendario de entregas. Sintió una extraña presión en el pecho.

—¿Vamos a entrar?

Miró a su secretaria. No comprendía cómo ella podía estar allí, sexy e inocente, cuando él estaba tan afectado.

Tras prepararse para lo que pudiera haber dentro, Marcos la condujo hacia las puertas de cristal situadas bajo un cartel metálico que decía *Transportes Allende*.

En pocos minutos dos guardias abrieron la puerta y les hicieron pasar. Marcos y Virginia tuvieron libertad para deambular por las viejas instalaciones.

No había nada que decir sobre la estructura, salvo que estaba obsoleta. Horrible.

Necesitaban nuevas instalaciones. Una flota más moderna de vehículos para fortalecer su posición como vínculo con el mercado estadounidense.

–Esto es terriblemente espacioso –dijo Virginia apoyando una mano en una pared de ladrillo rojo que servía como división entre dos salas.

Marcos regresó a la realidad. ¿En qué diablos estaba pensando?

No quería restaurar la compañía. Quería destruirla.

Frunció el ceño mientras Virginia inspeccionaba todas las habitaciones. Todos se habían marchado siguiendo las instrucciones de Marcos. Un encuentro con Marissa era lo último que deseaba aquel día; y por suerte ella era lo suficientemente lista para haber obedecido.

Virginia se colocó el pelo detrás de las orejas y contempló las vigas del techo.

En vez de fijarse en que la pintura estaba descascarillada y hacer una lista de cosas por reparar, Marcos se fijó en sus reacciones. Virginia sería una horrible jugadora de póquer. Sus expresiones eran demasiado evidentes; y el pasado de su padre le había provocado un odio visceral hacia el juego.

–Mi primer despacho –dijo él entonces.

–¿Éste? –preguntó ella desde la puerta–. ¿Con vistas a la puerta principal?

La siguió al interior de la sala e intentó verla a través de sus ojos. Un lugar viejo, sucio y descuidado. Justo lo que era: un lugar prometedor que necesitaba atención.

Pero él no quería remodelarlo. Quería eliminarlo, borrar su pasado de un plumazo.

Pero a juzgar por el interés que brillaba en los ojos de Virginia, a ella también le gustaba el lugar.

—De alguna manera encaja contigo —dijo ella—. Es basto por fuera.

Compartieron una sonrisa.

—¿Cuántas unidades de transporte tiene, aproximadamente?

La observó acercarse a la ventana. Se situó tras ella y vio que estaba examinando la zona de carga.

Hundió la cabeza en su cuello y la rodeó con los brazos.

—Hay dos mil cuarenta vehículos de transporte, más otros cientos de unidades pequeñas para entregas sencillas —olió su pelo y se sintió invadido de nuevo por el deseo. Jamás hubiera imaginado que sus días juntos serían así. Se sentía excitado, pero también experimentaba paz y placer con su compañía. Le dio la vuelta lentamente para mirarla—. En cuanto aterricemos en Chicago, haré la transferencia a tu cuenta personal. Quiero que esos hombres salgan de tu vida y de la de tu padre lo antes posible para que estés tranquila. ¿De acuerdo?

De pronto algo oscureció la mirada de Virginia, que dejó de sonreír.

—¿Ocurre algo?

—Gracias. No. Está todo bien. Ése era nuestro acuerdo, ¿no?

«Fingir», aunque no lo dijo. Pero él lo adivinó.

Cuando Marcos no lo negó, Virginia agachó la cabeza y se apartó. De pronto parecía muy joven y vulnerable.

–Había olvidado que me pagas por esto, que estoy aquí por culpa de los malos hábitos de mi padre.

Marcos sabía que una mujer así no se metía en la cama de un hombre fácilmente. ¿Estaría arrepintiéndose? ¿O se arrepentiría de las circunstancias que la habían llevado hasta allí?

–Te preocupa que no deje de jugar, que sólo sea una solución temporal al problema.

–Así es –contestó ella.

Virginia había estado llamando a su padre todos los días. Él sufría al verla sufrir por un hombre insensato en una misión suicida.

–¿Hace cuánto que tu padre no tiene un trabajo de verdad?

–Desde que murió mi madre. Hace varios años.

Llegaron al último despacho; el que había pertenecido a su padre. Probablemente Virginia no supiera que había sido suyo, o tal vez lo sospechase, pero él no podía soportar mirar a su alrededor. Aunque al mismo tiempo no podía marcharse.

Se acercó a la ventana y tocó el cristal.

–¿Tu padre ha estado así desde entonces?

–Hace poco ha perdido el control.

Marcos rodeó el escritorio y acarició el borde con los dedos; solía sentarse allí y escuchar a su padre hablar por teléfono.

–¿Alguna vez ha intentado conseguir un trabajo?

–Lo hizo. Lo ha intentado, pero no ha encontrado nada. Al menos eso es lo que él dice, pero sospecho que su orgullo no le permite aceptar el tipo de trabajos que le ofrecen.

–A veces hay que aceptar lo que te viene.

–Estoy de acuerdo. Pero creo que él esperaba que alguien le ofreciese una oportunidad en lo que solía hacer. Era un buen gerente, pero lo estropeó todo.

Marcos pensó en las segundas oportunidades. La gente hablaba de ellas todo el tiempo, pero en realidad nadie las ofrecía.

Su padre no se la había ofrecido a él.

Y él tampoco se la había ofrecido a su padre.

Poco a poco fue siendo consciente de sus alrededores. Una foto de Marissa junto al ordenador. Típicas cosas femeninas sobre el escritorio. Y se dio cuenta con tristeza de que Marissa se había apoderado del despacho de su padre.

No había imagen alguna del hombre que lo había criado. Los pósteres de fútbol ya no adornaban las paredes. Ella lo había quitado todo; bruja sin corazón.

–¿Éste es el despacho de tu padre? –preguntó Virginia.

–Ya no –respondió él–. Venga, vámonos. El personal vendrá más tarde.

La acompañó fuera, pensando en que para su padre y para él ya era demasiado tarde, pero no tenía por qué serlo para ella.

Le parecía injusto que un hijo tuviera que sacrificar su felicidad por un padre. Marcos no estaba dispuesto.

Jamás aceptaría como madrastra a una mujer que meses atrás había sido su amante. Jamás aceptaría a una mujer que había tomado por tonto a su padre. Tras innumerables disputas con Carlos Allende en las que éste se había negado a admitir que la opinión de su hijo era cierta, Marcos había hecho las maletas y se había marchado. ¿Pero y Virginia?

Cuando su padre volviese a caer en el abismo del juego, ¿qué haría ella? ¿Y qué estaba él dispuesto a hacer para ayudarla?

Virginia amaba México.

Había algo deliciosamente decadente en el tiempo que pasaron juntos los días siguientes, visitando tiendas, comiendo en restaurantes, paseando por la ciudad.

Esa tarde, al entrar en el museo Marco, se quedó asombrada. Aquél era un lujo que nunca antes se había permitido. Apenas se había permitido salidas para relajarse o para estimular la mente; siempre estaba demasiado consumida por las preocupaciones.

Ahora caminaba por entre los cuadros, sintiendo la presencia de Marcos junto a ella, y era como si hubiera entrado en una realidad alternativa.

Por la noche Marcos la llevó a cenar a un pequeño café a pocas manzanas de la plaza de la ciudad. Tras la cena, pasearon del brazo por entre la gente.

Jamás se había sentido tan segura. Por primera vez en su vida se sentía protegida.

Durante el camino de vuelta al hotel, vio como Marcos la miraba con aquellos ojos y aquella sonrisa perversa. Y una voz en su cabeza los acompañó hasta la suite.

«Esto es real, Virginia», pensaba. «¿Puedes hacer que se dé cuenta?».

No, dudaba de que pudiera. Él veía el mundo con los ojos de un hombre. Mientras que ella lo contemplaba con ojos de mujer.

Mientras luchaba por controlar sus emociones, Marcos le agarró la barbilla con los dedos y le echó la cabeza hacia atrás.

–¿Sabes con quién juega tu padre?

–No lo sé.

Marcos no había abandonado el tema de su padre durante días. Era como si quisiera evitar el tema de su propio padre y en vez de eso se centrara en solucionar los problemas del suyo.

–Dijiste que el juego te ha puesto a ti en esta posición –dijo mientras se quitaba la camisa–. En esa cama que hay detrás de ti. En mi cama. ¿Lo decías en serio?

–Creo que he acabado aquí por mí misma –contestó ella tras considerar la pregunta.

Se quitó el jersey y el sujetador. Incluso en la penumbra, vio como Marcos apretaba la mandíbula. El hecho de que su desnudez le excitara hizo que sonriera y se acercara más a él. Le puso las manos en el pecho y las deslizó hacia arriba.

–¿Qué dice usted a eso, señor Allende? –preguntó.

Con una deliberación lenta, Marcos giró la cabeza hacia ella. Comenzó a acariciarle la espalda mientras le besaba la mejilla.

–Digo que es usted la mujer más sexy que he visto, señorita Hollis. Y quiero que me prometas que, pase lo que pase entre nosotros, acudirás a mí si tu padre vuelve a tener problemas.

–No, Marcos.

–Sí. Te obligaría a darme tu palabra de que no pagarás deudas que no son tuyas, pero sé que es injusto pedirte eso. Te sientes responsable de él. Lo respeto.

Ahora, por favor, entiende que yo me siento responsable de ti.

–Pero no lo eres.

–Eres mi empleada.

–Tienes miles de empleados.

Le acarició los pezones con los nudillos y su cuerpo se incendió por dentro.

–Pero sólo uno de ellos ha sido mi amante.

Las palabras quedaron suspendidas en el aire. Virginia estaba dispuesta a rendirse. Sólo deseaba un beso. Casi podía oír los segundos pasar a medida que su tiempo juntos se acababa.

–¿No contraatacas?

–No –contestó ella mientras lo rodeaba con los brazos.

Para cuando sus labios se tocaron, ella aguantaba la respiración. Abrió la boca para ser devorada y sintió el tormento de su lengua, de sus mordiscos y de su aliento.

Cuando la tumbó en la cama, se volvió más exigente. La lengua entraba y salía con fuerza y determinación de su boca mientras deslizaba una mano sobre su pecho.

Virginia suspiró. Era su amante durante una semana. No era nada más y jamás podría serlo.

Apoyado sobre un brazo, Marcos utilizó la otra mano para desabrocharle el pantalón. Le bajó la cremallera y tiró de la prenda hacia abajo. Le acarició el elástico de las bragas con el pulgar y dibujó círculos sinuosos antes de quitárselas.

Volvió a recostarla sobre la cama y le cubrió de besos el torso, los hombros, el vientre. Luego saboreó uno de sus pechos. Virginia dejó caer una mano y le acarició la cabeza mientras se movía, imaginando lo que sería dar de mamar a un bebé. Su bebé.

Siempre había querido formar una familia.

«Virginia, amantes durante una semana», se recordó.

Mientras Marcos dibujaba un camino de besos por su vientre, Virginia se dio cuenta de que su sueño de formar una familia jamás le había parecido tan lejano. Al principio el deseo había sido postergado para ayudar a su padre a superar la pena. Pero ahora ese deseo palpitaba en su mente con una fuerza renovada.

Porque se había convertido en la amante de aquel hombre.

Y cualquier hombre que apareciese en su vida a partir de ese momento sería comparado con Marcos Allende. Cualquier cama en la que durmiese no sería aquélla. Y temía que nunca podría haber en el mundo un hombre que la besara como él. Que la tocara así.

Al darse cuenta de que su boca se aproximaba a un lugar peligroso, se retorció bajo sus besos.

—Si supieras lo que estaba pensando —dijo mirando al techo—, saldrías corriendo.

Marcos levantó la cabeza y la miró.

—No me entregues tu corazón, Virginia.

Virginia cerró los ojos con fuerza. «No te enamores de él, no te enamores de él», se dijo. Se zafó de él y se incorporó.

—¿Qué? ¿Te crees que eres único? ¿Crees que no puedo resistirme a ti? Te haré saber que mi corazón no formaba parte del trato. Tú eres el jefe y yo soy la empleada. Esto no es más que un trato.

—Y aun así es fácil olvidar quiénes somos aquí, ¿verdad? –dijo él mientras le acariciaba una pierna–. Es fácil confundirse.

Virginia frunció el ceño al advertir la preocupación en su voz, le agarró la cabeza y lo besó con fuerza.

Amantes. Nada más.

Llegaron a entenderse bien. Demasiado bien quizá. Hablaban, pero no del futuro. Hablaban, pero no de ellos mismos.

Fingían, como habían acordado.

–¿Te lo has pasado bien esta semana?

Sentada en el asiento trasero del Mercedes de camino al aeropuerto, Virginia se acurrucó sobre él y apoyó la mejilla en su hombro. Era curiosa la manera instintiva en la que buscaba aquel lugar, y cómo Marcos la envolvió con su brazo.

No le importaba que no debiera hacerlo, sólo sabía que en pocas horas ya no se atrevería.

–Ha sido maravilloso –admitió–. Inesperado, surrealista y maravilloso.

–Deberíamos haber hecho esto antes –le susurró él al oído.

Virginia se quedó pensativa al oír el deseo en su voz. Jugueteó con los botones de su camisa mientras Marcos hacía una llamada a la oficina. No podía dejar de mirarlo. Le había resultado imposible dejar de hacerlo a lo largo de la semana. Y disfrutaba cada vez que él la miraba a ella.

Cuando colgó, se quedó mirando por la ventanilla.

–Recibirás el dinero en tu cuenta y resolverás tu problema mañana por la mañana –dijo.

Era una orden.

–¿Comprendido?

–Sí. Me encargaré de ello inmediatamente –murmuró ella.

–He estado pensando –Marcos le agarró la mano y comenzó a dibujar círculos en su palma con el pulgar–. Me gustaría ofrecerle un trabajo a tu padre.

–¿Un trabajo?

–Imagino que, si se diese cuenta de que puede ser útil, rompería con esa espiral de autodestrucción en la que parece estar metido.

–¿Por qué?

–¿Por qué, qué?

–¿Por qué él?

–¿Y por qué no?

Ella se encogió de hombros, pero el corazón se le aceleró ante la idea.

–Tal vez haya perdido la esperanza –al igual que ella. ¿Cómo podría enfrentarse al lunes en la oficina? Deseaba terriblemente a aquel hombre. Era un amante extraordinario, le hacía sentir tan sexy que deseaba correr todo tipo de riesgos con él.

–Tal vez haya perdido la esperanza –convino Marcos.

Pero no. No la había perdido. Ni ella tampoco. Una sonrisa apareció en su rostro.

–O tal vez quiera otra oportunidad –y tal vez ella pudiera sobrevivir al lunes después de todo.

Había sobrevivido hasta la fecha, había fingido no desear a Marcos durante días, semanas, meses. Actuaría como si nada hubiera ocurrido.

–He estado investigando –dijo Marcos–. Era un hombre inteligente y dedicado a su trabajo. Tal vez pueda volver a serlo.

A Virginia le alegraba que Marcos supiera ver más allá de los errores de su padre. De pronto un plan se formó en su cabeza. Su padre había sido el gerente de una importante cadena de tiendas y, si todo no hubiera salido mal, habría llegado a ser presidente.

–¿Sabes, Marcos? Creo que a mi padre le gustaría venir a México.

Se hizo el silencio. El coche giró a la izquierda y entró en el aeropuerto.

–Puede que incluso disfrutara trabajando en Allende –prosiguió. Lanzó el cebo suavemente, con la esperanza de poder sembrar la duda en su cabeza y hacerle reconsiderar su decisión con respecto al futuro de la compañía. Pero Marcos se quedó tan quieto que casi lo lamentó.

La miró con expresión calculadora y luego dirigió la mirada hacia el avión.

–Tal vez.

Ninguno dijo nada más, pero, cuando la abrazó y agachó la cabeza para besarla, Virginia luchó por no sentir el dolor.

Allí era donde se habían besado por primera vez.

Tenía sentido que fuese también donde lo hicieran por última.

Capítulo Ocho

Virginia estaba ordenando su despacho a la mañana siguiente cuando Marcos apareció en la puerta. Al verla manejar la cafetera se quedó quieto, luego se le calentó la sangre.

Mientras le servía el café, la blusa que llevaba se ajustaba sobre sus pechos y hacía que mirarla fuese como un purgatorio.

—Buenos días.

Ella levantó la mirada sorprendida.

—Marcos… Señor Allende.

El corazón se le aceleró mientras se miraban, y las palabras quedaron suspendidas en el aire. Señor Allende.

Palabras destinadas a borrar todo lo ocurrido en Monterrey.

Marcos jamás hubiera esperado que ella fuese a ponérselo tan fácil. Entró en el despacho y cerró la puerta tras él.

—Buenos días, señorita Hollis.

Realmente podía hacer aquello.

Ya habían fingido antes que eran amantes.

Ahora sólo tendrían que fingir que nunca lo habían sido.

—¿Necesita algo, señor Allende?

«A ti», pensó él.

Se contuvo, se quitó la chaqueta, la lanzó sobre el sofá y se dirigió a su escritorio. No podía dejar de pensar en ella. Virginia estaba obsesionada con la limpieza, y se notaba. Su despacho estaba impoluto. Su señorita Hollis era una pequeña ordenada. ¿Quién habría dicho que sería tan insaciable en la cama? ¿Tan desinhibida? ¿Tan adictiva?

—He oído que llegó bien a casa —dijo él.

—Sí, gracias —le dirigió una de esas sonrisas que lo desarmaban—. Y he recuperado el sueño perdido.

—Excelente. Excelente.

Su cuerpo se tensó al oír sus palabras, porque él no había logrado dormir nada desde su regreso. Seguía recordándola, inocente, acurrucada contra él.

Jamás había imaginado que volvería a pensar en Monterrey con nostalgia. Y sin embargo le ocurría.

Deseaba estar allí con ella otra semana más, donde supiera exactamente qué hacer con ella.

Aceptó la taza de café que le ofreció y la despidió con un movimiento de su mano. No tenía sentido prolongar la separación.

—Eso es todo. Gracias, señorita Hollis.

Y con un gran esfuerzo mental, logró apartar los ojos de ella y sacarla de su cabeza.

Tenía un negocio del que ocuparse.

Chicago parecía diferente. El viento era el mismo, el ruido, el tráfico, y aun así todo parecía diferente. Había tenido que volver a ver a Marcos en la oficina aquel día. El día anterior la indiferencia del uno hacia el otro había sido tan patética que había sentido náuseas al llegar a casa.

Aquella mañana, incapaz de beberse el café, atravesó el pasillo. La puerta del dormitorio de invitados donde su padre llevaba dos meses durmiendo estaba cerrada. Pensó en despertarlo, en decirle que se iba a trabajar, que todo estaba arreglado y la deuda saldada.

Decidió que llamaría más tarde y salió a la calle, donde la esperaba el taxi, recordando la proposición de Marcos de ofrecerle a su padre un trabajo.

Entonces había sido fácil aceptar cualquier cosa que él deseara darle. Pero ahora Marcos Allende podría olvidarse del tema sin dificultad, como se había olvidado del resto.

Lo peor de todo era que le dolía.

Aun habiéndolo anticipado.

Cuando salió del ascensor en la decimonovena planta de Fintech, esperaba que todos los empleados estuvieran ocupados y, por tanto, ignorasen que llegaba quince minutos tarde.

Pero sí se fijaron en ella.

Nada más poner los pies sobre la moqueta, todos se quedaron callados.

Por segundo día consecutivo la gente levantó la vista de las fotocopiadoras, de los ordenadores y los escritorios. El hecho de que todos allí sabían que había pasado una semana con Marcos en Monterrey era evidente.

«Dicen que es su amante…».

¿Alguien había dicho eso? ¿Estaría poniendo palabras en sus bocas por culpa de su propio arrepentimiento?

Tomó aliento, atravesó el mar de cubículos y se dirigió hacia el pasillo. Al final, a la derecha de las puertas de madera que conducían al despacho de Marcos, había tres escritorios idénticos. Se metió tras el suyo. La señora Fuller fue la primera en acercarse a saludarla.

–Está muy raro hoy –le dijo–. Me ha sonreído y me ha dado las gracias.

Esas palabras no disminuyeron el miedo que Virginia sentía en la boca del estómago. Si se atrevía a cruzar la barrera esa semana… si era lo suficientemente tonta como para hablarle de México, no sabía quién estaría sentada a su mesa la semana siguiente.

–Entonces el trato debe de estar saliendo a su favor –sugirió Virginia mientras intentaba calmarse.

Lindsay, una pelirroja más o menos de su misma edad que además se había convertido en su amiga, se colocó junto a la señora Fuller.

–¿Qué tal en México? –preguntó la señora Fuller–. ¿Hacía calor? Dicen que en esta época del año es sofocante –Virginia no la había visto el día anterior porque habían llegado a Fintech más tarde de lo normal.

–Sí –dijo Virginia.

–El señor Allende lleva toda la mañana mirando por la ventana, y con tantas cosas que hacer. Es impropio de él –confesó Lindsay–. Y me ha preguntado dónde estabas.

Virginia se libró de tener que contestar cuando los teléfonos comenzaron a sonar. Tanto Lindsay como la señora Fuller se pusieron en acción. Se sentaron tras sus escritorios y comenzaron a recibir llamadas.

Virginia ignoró su teléfono y guardó su bolso debajo del ordenador. No podía pensar en que el humor de Marcos tuviera nada que ver con ella. El trato acabaría pronto, tras la cena de Fintech, y se olvidarían de

México. Marcos había prometido que no afectaría a su trabajo.

–Señorita Hollis, he oído que estuvo con el jefe.

Virginia dio un respingo y vio a Fredrick Méndez, uno de los contables más jóvenes, que se había sentado en una esquina de su escritorio y la miraba con una mezcla de diversión y burla.

–Durante una semana –señaló ella.

–Eso es demasiado, señorita Hollis. Demasiado tiempo sin usted. ¿Me ha traído un llavero?

–¿Me pidió uno?

–Bueno, al menos muéstrenos algunas fotos –insistió Fredrick, pero, al ver que la habitual sonrisa de Virginia no aparecía, se arrodilló ante ella y se llevó una mano al pecho–. Oh, Virginia, tus ojos revelarán la verdad…

–¿Acaso trabajamos en un circo, Méndez?

Aquella voz profunda y clara atravesó a Virginia como una bala de cañón.

Vio entonces a Marcos salir de la sala de conferencias seguido de seis de sus abogados.

–No, señor –dijo Fredrick poniéndose en pie inmediatamente–. Sólo estaba dándole la bienvenida a Virginia en nuestro nombre.

–¿Nuestro? –Marcos pronunció la palabra como si Fredrick no tuviera derecho a incluirse en algo a lo que no había sido invitado–. ¿Acaso no tiene más trabajo que hacer que acosar a la señorita Hollis?

–Sí, señor –respondió Fredrick mientras se alejaba con la cabeza gacha.

Sin dejar de mirar a Virginia, Marcos dijo:

–Infórmenme sobre las nuevas estipulaciones cuando lleguen.

Los abogados expresaron su consentimiento y se dispersaron.

Cuando los abogados se fueron, Virginia no pudo evitar preguntarse si la blusa que llevaba era demasiado blanca, o provocativa. Si su falda era demasiado corta, si llevaba el pelo demasiado arreglado, o si aquellos pendientes de plata serían inapropiados para Fintech.

–Marcos, siento haber llegado tarde, pero…

Marcos apoyó las manos en su escritorio y se inclinó hacia ella, hasta que sus narices casi se tocaron.

–¿Recuerda nuestro trato? –preguntó en voz baja.

–Sí, por supuesto –contestó ella casi sin poder respirar–. Lo recuerdo.

–Las horas extra estaban también incluidas, ¿verdad?

Virginia no supo explicar la felicidad que sintió en aquel momento. Estaba pidiéndole más, y hasta ese mismo momento no se había dado cuenta de lo mucho que ella también lo deseaba.

–Así es –respondió–. ¿Por qué lo pregunta? ¿Necesita ayuda?

–Pues sí –contestó él con una sonrisa devastadoramente sexy.

–Siempre estoy encantada de servir de ayuda –dijo ella, sabiendo que estaba lanzándose a un pozo sin fondo donde acabaría con el corazón roto.

–Preséntese en mi apartamento esta noche. Hay mucho que hacer.

Virginia se sonrojó y escribió en un post-it: *¿Esto es lo que creo que es?*

Marcos lo leyó y se guardó la nota en la chaqueta, no sin antes acariciarle el pulgar con el suyo.

–A las seis en punto, señorita Hollis. Me temo que estaremos toda la noche.

–Puedo aguantar toda la noche –contestó Virginia cuando él ya se disponía a entrar en su despacho.

–Bien. Ésta en particular será dura.

En cuanto las puertas se cerraron, comenzaron los murmullos, y la señora Fuller corrió hacia su mesa.

–Virginia. Por favor, no me digas que esto es lo que yo creo.

–Será mejor que me vaya –contestó Virginia mientras agarraba su cuaderno–. Las proyecciones de ventas empiezan en quince minutos y Marcos querrá mis notas –Dios, lo habían visto y oído todo. El corazón le iba a explotar.

Pero la señora Fuller la agarró con fuerza por los hombros y dijo:

–Oh, cielo, por favor, dime que no.

–Señora Fuller –la tranquilizó Virginia–, no sé lo que quiere decir, pero aquí no ocurre nada. Nada.

–Sí que ocurre. He visto cómo lo miras. Eres una chica joven e inocente, un corderito, y Marcos es... un lobo. No se implicará emocionalmente y tú no puedes...

Virginia giró la cabeza para disimular su rubor y vio que media oficina estaba mirándolas. Pero Lindsay sonreía abiertamente tras su mesa con los pulgares levantados, como si Virginia hubiese ganado la lotería.

–Sé tratar con lobos –aseguró Virginia en voz baja–. Se lo prometo, señora Fuller–. Y esto no es lo que piensa.

–Virginia. Mi dulce Virginia –dijo la señora Fuller mientras le acariciaba las mejillas con manos temblorosas–. Quiero a Marcos como a un hijo. Ha sido un buen jefe conmigo, y cuando mi pobre Herbert murió… –suspiró y luego sacudió la cabeza–. Pero no es el tipo de hombre que una mujer como tú necesita. No ha habido ni una sola mujer con la que haya estado más de un mes. Acabarás con el corazón roto y puede que hasta pierdas tu empleo.

–No voy a perder mi trabajo por nada –dijo Virginia obligándose a sonreír–. Es mi jefe y desea que lo ayude, y eso haré. Por favor, no se preocupe, señora Fuller, o le volverá la acidez. Estaré bien. Y asegúrese de que todo el mundo sepa que aquí no ocurre nada.

Pero mientras entraba en la sala de proyecciones no pudo evitar preguntase cómo conseguirían ocultarlo durante el tiempo que durase.

Y también se preguntó qué sería de ella cuando realmente terminase.

Capítulo Nueve

Tras uno de los días de trabajo más largos de su vida, durante el cual apenas había trabajado, Marcos llegó a casa y la encontró esperándolo en el salón.

Claro. Sus secretarias tenían la llave de su apartamento. ¿Por qué no iba a estar allí?

Con el sol poniéndose tras ella, sentada en el sofá con un libro abierto en su regazo, Virginia Hollis resultaba una visión agradable.

Cuando Marcos salió del ascensor, que daba directamente al ático, ella se puso en pie. Llevaba puesto un pijama con pequeños conos de helado estampados sobre la tela. En ella, aquel diseño casi infantil resultaba la cosa más sexy que jamás había visto.

No había pensado dormir con ella. ¿O sí? Simplemente deseaba verla, maldita sea. Y ahora apenas podía creer lo que ella estaba ofreciéndole.

–¿Has tenido un buen día? –preguntó con voz más áspera de lo que pretendía.

–Sí. ¿Y tú?

Dios, aquello resultaba tan doméstico que debería salir corriendo de vuelta hacia el ascensor a toda velocidad.

¿Por qué no lo hacía?

Porque ansiaba tocarla. La deseaba. Llevaba todo el día deseando tocarla, deslizar las manos por debajo de su falda, devorar su boca. No podía mantenerse alejado.

Ella también lo deseaba.

Se quitó la chaqueta, la dejó en el respaldo de una silla y asintió.

–He traído mis notas –se apresuró a decir ella–. Por si acaso.

–Bien. Las notas son importantes. ¿Qué más me ha traído, señorita Hollis?

Ella sonrió y deslizó las manos por su pijama, sobre las caderas. Él siguió el movimiento con ojos codiciosos.

–Me gusta eso que llevas puesto –pero sobre todo le gustaba la idea de arrancárselo y lamerla entera como si fuera un helado de vainilla.

–Gracias –contestó ella, y señaló su cuello–. A mí me gusta tu corbata.

Marcos se la quitó y la tiró al suelo antes de acercarse a ella.

–Ven aquí –le pasó un brazo por la cintura y la pegó a su cuerpo–. ¿Por qué te muestras tan recatada de repente?

Ella le colocó las manos en los hombros suavemente, sin apenas tocarlo.

–No lo sé. No debería haberme puesto el pijama.

–Cómo deseaba esto, Virginia –dijo él mientras hundía la cabeza en su pelo–. Dios, cómo lo deseaba.

Cuando Virginia echó la cabeza hacia atrás, él la besó.

Haciendo uso de toda su experiencia, comenzó a saborear aquella pequeña boca, a beber de su miel.

Suavemente Virginia introdujo la lengua en su boca y Marcos sintió el deseo al saborearla.

Perdido en el deseo, ni siquiera se oyó a sí mismo hablar mientras le sujetaba la cabeza con delicadeza.

–Preciosa… bésame… dame tu boca…

Virginia sabía a calor y a deseo, y respondía como una mujer que había pensado en él todo el día; que lo había deseado todo el día.

Al igual que él había pensado en ella.

El beso continuó y se transformó en algo salvaje que no dejaba lugar a la delicadeza. Mientras bebía de su boca, deslizó una mano hasta sus nalgas mientras con la otra le desabrochaba la camisa.

Ella le sacó la camisa de debajo del pantalón y deslizó las manos por dentro para hacerle gemir con el contacto frío de sus palmas.

Marcos quiso levantarla, rodearse con sus piernas y poseerla, y ella saltó como si estuviera pensando lo mismo. Lo besó como ninguna otra mujer lo había besado antes. Lo rodeó con una pierna y él llevó las manos a su cremallera.

–Maldita sea –se detuvo y la dejó en el suelo. Dio un paso atrás y se llevó la mano al cuello.

Ambos respiraban entrecortadamente.

–Lo siento –dijo ella cubriéndose la boca–. No pretendía morderte.

Aquel pequeño mordisco le había dado ganas de morderla a ella por todo el cuerpo. Se frotó la cara con ambas manos. Le había desabrochado tres botones de la camisa del pijama y por ahí asomaba uno de sus pechos.

Marcos contempló su piel pálida y apretó los puños al sentir la necesidad de deslizar las manos bajo la tela y retorcer sus pechos.

–¿Marcos?

–He tenido un día muy largo –contestó él.

Se había sentido consumido por los celos al ver como aquel payaso de Méndez le rogaba de rodillas. ¿Cuántos hombres la habrían mirado y deseado como él?

Ajena a sus emociones, Virginia lo siguió por el pasillo hasta el dormitorio. Marcos era una masa de deseo y jamás había estado tan peligrosamente cerca de perder el control.

Atravesó la habitación, apoyó una mano en la ventana y contempló la ciudad. Si Virginia se atrevía a tomarlo por tonto… si alguna vez se atrevía a mirar a otro hombre mientras estuviese con él…

–Marissa estuvo detrás de mí durante años.

–Lo siento –dijo ella.

Sí, él también lo sentía.

Era humillante pensar en el modo en el que había jugado con él.

–Yo no sabía que mi padre la deseaba –añadió, incapaz de disimular el dolor en su voz–, hasta que ya estaban… liados.

Cuando se dio la vuelta, ella estaba de pie en la puerta del cuarto de baño. Había agarrado un cepillo y estaba pasándoselo por el pelo.

Al verla, Marcos quiso hundir los dedos en su melena.

–No hagas eso.

Ella se detuvo.

–¿Hacer qué? Yo no soy Marissa –dijo Virginia mientras se acercaba hacia él.

A Marcos le gustaba lo cándida que era. Cómo sonreía con los ojos. Cómo andaba. Cómo hablaba. No, ella no era Marissa.

–Yo no he dicho eso –pero con ella sería peor. Si alguna vez le hacía daño. Si le mentía. Si le traicionaba… Jamás había confiado tan plenamente, nunca había sentido tantas cosas a la vez.

–Marcos… –Virginia se detuvo frente a él y a Marcos le sorprendió ver en sus ojos no sólo el deseo, sino también la preocupación, la ternura y el cariño.

Un cariño que despertaba algo en su interior.

Ella era su amante. Tenía derecho a tocarla, a poseerla, a estar dentro de ella. De eso se trataba. Lujuria.

Sólo eso.

–Nunca –dijo mientras le acariciaba el pelo–, jamás me mientas.

La besó y saboreó sus labios con la lengua. Sabían a pasta de dientes y a menta, y estaban húmedos.

–No me mientas nunca con esta boca –la lamió y ella gimió–. Me encanta esta lengua. No me mientas nunca con esta lengua.

Ella deslizó las manos por sus brazos hasta clavarle las uñas en la piel.

Fue el instinto, la necesidad, algo feroz que él no podía comprender, lo que le instaba a empotrarla contra la pared, a poseerla, a convertirla en su amante. Era una pasión tan absorbente que tenía miedo a perderse en ella.

¿Sería aquello lo que su padre había sentido por Marissa? ¿Por eso habría renunciado a todo? Renunciar con tal de que ella siguiera besándolo, mirándolo, tocándolo así.

Cuando sonó el teléfono, apartó la boca y ella comenzó a rebuscar en un bolso que había dejado junto a la mesilla de noche.

–¿Sí? –contestó.

Marcos sentía el corazón latiéndole desbocado en el pecho. Estaba perdiendo la cabeza y no le gustaba. Consideró la idea de retirarse a su estudio a trabajar, para poner distancia entre ellos. Pero no. La deseaba. Caminó hacia ella mientras se quitaba la camisa.

–Sí… sí, no quería despertarte… y sí, te veré… me he quedado trabajando hasta tarde y no sé cuánto tiempo estaré –decía Virginia–. Buenas noches –concluyó tras una pausa.

Regresó con una sonrisa.

–Vas a quedarte a pasar la noche –dijo él, le agarró la mano y la colocó sobre su erección para demostrarle lo excitado que estaba–. Vas a quedarte a pasar la noche aquí, conmigo.

Ella asintió mirándolo fijamente a los ojos mientras le acariciaba el pecho suavemente.

–Te quiero dentro de mí, Marcos –susurró.

–Has venido a seducirme, ¿verdad? Te gusta estar a mi servicio. Has venido a complacerme, a servirme.

Con una sonrisa, Virginia se echó hacia atrás y comenzó a desabrocharse la camisa del pijama mientras él la miraba.

–Estoy loco por ti.

Virginia no pareció advertir la verdad tras sus palabras, la preocupación que sentía. Estaba fuera de control y no le gustaba.

–¿Puedo probar una cosa contigo? –preguntó ella mientras se quitaba la camisa.

Él asintió, mudo de deseo.

–¿Podrías estarte quieto?

–¿Qué va usted a hacerme, señorita Hollis?

–No te muevas, ¿de acuerdo? –dijo ella cuando estuvo completamente desnuda frente a él.

Así que esperó y ella se acercó.

–¿Puedo tocarte?

–Por favor.

Contuvo la respiración cuando Virginia le puso una mano en el pecho y comenzó a besarle el cuello, la oreja, la mandíbula. Se le aceleró la respiración. Era incapaz de moverse mientras ella deslizaba las manos por su pecho. Vaciló al llegar a la cintura.

Marcos apretó la mandíbula al sentir su mano en torno a su erección.

–¿Te gusta? –preguntó ella.

–Sí.

–¿Quieres que…?

–Sigue tocándome –dijo él mientras echaba la cabeza hacia atrás.

Virginia deslizó las manos entre sus muslos muy suavemente y comenzó a masajearlo. La cabeza le daba vueltas con imágenes de los dos juntos en la cama.

–No estás embarazada, ¿verdad? –preguntó sin moverse.

Ella se tensó durante unos segundos y él frunció el ceño. Marcos estiró el brazo y le apartó la mano.

–¿Lo estás? No usamos protección la primera vez y me gustaría saber si ha habido consecuencias.

Virginia lo ignoró, le puso las manos en los hombros y lo empujó sobre la cama.

–La única consecuencia es ésta, Marcos. Yo. Deseo más.

Se quedó sentado allí, en su cama, como un hombre hipnotizado, y vio como ella se sentaba encima, a horcajadas.

Se besaron.

Marcos se moría de placer, su cuerpo se mecía

mientras se alimentaba de sus labios, labios cálidos y húmedos que permitían el acceso de su lengua. Virginia lo rodeó con las piernas y apretó su sexo contra su erección mientras él deslizaba las manos hacia arriba por sus costados hasta llegar a su melena. Gimió al escuchar su nombre en sus labios. Marcos.

De pronto él le tiró del pelo.

–¿Por qué? –preguntó con voz rasgada.

–No sé lo que quieres decir.

–¿Por qué me miras así? ¿A qué estás jugando?

Ella simplemente le besó los pezones, después los abdominales. Estaba sonriendo, torturándolo con sus dientes. Con su lengua. Volviéndole loco.

–A un juego hecho sólo para su disfrute, señor Allende –murmuró–. ¿Tenemos que volver a fingir para que me deje entrar?

Tiró de su melena para detener su boca. De pronto deseaba algo más que su cuerpo. Algo que siempre había visto en sus ojos.

–¿Estás intentando volverme loco?

Ella se soltó y le agarró la mandíbula para besarlo.

–Estoy intentando hacerte recordar.

Marcos le rodeó la cara con las manos y, antes de devorar sus labios con la pasión que sentía, murmuró:

–Yo estoy intentando olvidar.

Capítulo Diez

–Con suerte las negociaciones avanzarán, luego mis abogados volarán a… –Marcos se detuvo cuando Virginia entró en el despacho a la mañana siguiente.

Se detuvo para examinar la cafetera y Marcos se quedó mirándola. Sintió una punzada de deseo en la ingle. «Marcos, por favor, sigue, sigue».

Sus plegarias de la noche anterior se repetían en su cabeza.

Aquella mañana habían vuelto a hacer el amor como animales salvajes antes de irse cada uno por su lado a trabajar. Marcos le había pedido que se comprara algo especial para la cena de Fintech, algún derroche. Ella no había parecido impresionada. Deseaba complacerla, darle algo, y aun así lo único que Virginia Hollis parecía desear era a él.

Él estaba totalmente absorbido; de un modo que ni siquiera Marissa había logrado. Los gemidos de Virginia, su cuerpo retorciéndose contra él. Aquello era una locura para sus sentidos. Resultaba excitante y a la vez le daba miedo.

Consciente del súbito silencio que se había hecho en la sala, Marcos apartó los ojos de ella y se concentró de nuevo en la lista de proyección de ventas. Se aclaró la garganta.

–¿Dónde estaba?

–Allende. Marissa Gálvez. Las negociaciones –dijo Jack.

–Claro –Marcos dejó caer su pluma sobre el escritorio y se recostó en su sillón–. Cuando las negociaciones se pongan serias, llamaré a la caballería y…

Virginia se inclinó para rellenarle la taza a Jack y su cercanía hizo que Marcos apretara la mandíbula. Se sentía ridículamente celoso.

–Cerraremos –concluyó secamente.

¿Estaría haciéndolo a propósito?

–Señorita Hollis.

–¿Sí? –parecía pálida esa mañana, y él se sintió culpable. No habían dormido mucho.

–Estaba hablándole al señor Williams de Monterrey.

Virginia le dirigió a Jack una mirada rápida y él respondió con una de sus sonrisas devastadoras.

–Qué bien –dijo ella–. ¿Más café?

Marcos negó con la cabeza y buscó en su expresión algún signo de emoción. Pero aquella mañana no había nada.

La noche anterior había sido distinta. Su deseo, su pasión… todo aquello era visible. Sin embargo ahora parecía distante. ¿Por qué?

«Yo no soy Marissa».

Su cuerpo se tensó. No. No lo era. Virginia era aún más peligrosa.

–Marissa Gálvez va a venir este fin de semana –dijo él.

–Oh, qué bien. Estoy segura de que esta vez se mostrará más relajada.

Su respuesta fue tan impersonal que Marcos frunció el ceño. Cuando las puertas de roble se cerraron tras ella, Jack murmuró:

–Entiendo.

–¿Mmm?

–Entiendo –repitió Jack.

–Es mía, Jack –respondió Marcos tras dar un trago al café.

–Sí, sí. Entiendo.

Marcos gruñó. Jack no lograría comprender su frustración sexual. Las miradas que le dirigía; la ternura, el deseo, la admiración, el respeto. ¿Cuándo se cansaría de ella? Había esperado cansarse durante la semana, y ya había pasado más de un mes. No se cansaba de ella. ¿Se cansaría ella de él? ¿Existiría esa posibilidad?

La carcajada de su amigo irrumpió en sus pensamientos.

–Imagino que tu plan funcionó con Marissa. Sin duda creyó que estabas embobado con Virginia.

Marcos se puso en pie y se dirigió hacia la ventana.

–Han rechazado mi oferta, Jack.

Silencio.

–Ella controla a la junta directiva y ha logrado asegurarse de que rechacen la oferta.

–Ah –dijo Jack–. Entonces supongo que vamos a ponernos hostiles. ¿Por qué si no estaríamos hablando de Allende?

–Lo haríamos si pudiéramos –dijo Marcos.

–¿Qué quieres decir?

Maldita Marissa. Marcos había discutido por enésima vez la compra de sus acciones, pero ella se negaba a vender. Seguramente pensara que podría manejarlo igual que había manejado a su padre. ¿Quién salvo su hijo podría salvar la compañía? ¿Y qué mejor manera que casarse para mantener la propiedad?

No. Marissa no se saldría con la suya, ya no, y aun

así el hecho de que una mujer pudiera tener poder sobre su futuro hacía que le hirviese la sangre.

–Quiero decir que he de presionarla para vender, Williams. Viene a Chicago este fin de semana; la he invitado a la cena de Fintech. Mientras ella tenga la mayoría de las acciones, una absorción hostil es casi imposible. Debe vender, y debe vendérmela a mí.

–Perdón por mi lentitud, ¿pero la has invitado a Chicago?

–Quiero la compañía, Jack.

–Quieres destruirla.

–¿Y si ya no es así?

Las respuestas rápidas de Jack parecieron abandonarlo en aquel instante.

Marcos no dejaba de pensar en los descubrimientos que había hecho sobre Hank Hollis aquel día. Aquel hombre había perdido el rumbo; no era raro después de haber perdido a una esposa. Pero había estado asistiendo a las reuniones de Alcohólicos Anónimos, parecía decidido a recuperar su vida. En el trabajo le gustaba arriesgar y era despiadado a la hora de entrenar a su gente. Años atrás había impulsado una cadena de tiendas hasta convertirla en una de las mejores, y las cifras de venta no mentían.

–¿Y si te dijera que quiero salvar Allende? ¿Y si te dijera que he encontrado a un hombre para hacer el trabajo sucio? ¿Un hombre empeñado en demostrarle algo a alguien?

–Marcos, estoy en tu junta como profesional, no como amigo. La misma razón por la que tú estás en la mía.

–Por supuesto.

Y Virginia quedaría liberada del dolor que su padre le causaba. Quedaría libre para estar con él.

–Como amigo y como profesional, tengo que decírtelo –continuó su amigo–. Es como esa maldita manzana pródiga. Cualquier oportunidad que tenga alguien de darle un mordisco, la aprovechará siempre.

–Amén.

–Hablo en serio.

–De acuerdo. Seremos dioses y los expulsaremos del reino. Nueva gerencia, nuevas reglas. Sin robos, ni chantajes, ni mafia.

–Estoy de acuerdo. ¿Pero quién se encargaría de la nueva gerencia?

–Tú.

–¿Yo?

–Sí, tú. Y un hombre que creo que estaría deseando demostrar algo.

–Continúa –dijo Jack.

Marcos se sentó en su silla, agarró su pluma y comenzó a girarla entre sus dedos.

–Yo negociaré por las acciones de Marissa y accederé a que se quede en la compañía temporalmente, mientras Hank Hollis y tú tomáis las riendas y formáis un nuevo equipo.

–Hank Hollis –repitió Jack entornando los ojos–. No hablarás en serio.

Marcos le dirigió la misma sonrisa que el Lobo Feroz le habría dirigido a Caperucita Roja.

–Claro que hablo en serio.

Hank Hollis se redimiría a ojos de Virginia, junto con Allende. Marcos se aseguraría de ello.

***

Si a Virginia ya le preocupaba su lamentable estado emocional tras haberse enamorado de Marcos Allende, ahora tenía más razones para preocuparse.

Blanca como la leche, entró de nuevo en el cuarto de baño y contempló por enésima vez la prueba de embarazado, la tercera que se hacía aquel día.

Rosa.

Las tres eran rosas.

Con lágrimas en los ojos, apoyó la espalda en la pared y fue resbalando hasta llegar al suelo.

Ya no cabía duda. Estaba embarazada.

De Marcos.

Su ingenuidad había quedado demostrada. Había entrado en su ático una noche sin barreras emocionales, sin protección y sin esperanza. Lo mismo le habría valido arrancarse el corazón y entregárselo en bandeja. ¿Cuál había esperado que fuese el resultado?

¿Había esperado que le dijese: «Entra en mi vida, Virginia. Deseo que estés en ella para siempre?».

¿O acaso: «Cásate conmigo, no sé dónde has estado toda mi vida?».

Se llevó las manos a la cara y se preguntó qué haría Marcos cuando se enterase.

–Tengo que decírselo –dijo en voz baja mientras se pasaba una mano por el vientre–. Tengo que decírselo.

Tal vez se pusiera furioso, podría incluso darle la espalda, pero aun así se arregló frente al espejo y se preparó para la batalla. Metió las pruebas de embarazado en el bolso y se dirigió de nuevo a la oficina.

Llamó tres veces a la puerta.

–¿Señor Allende?

Su amigo Jack parecía haberse marchado ya.

Cuando entró, Marcos agarró un archivo, lo estudió durante unos segundos, volvió a dejarlo sobre la mesa y finalmente la miró.

–Cierra la puerta –dijo con voz sombría.

Virginia no lograba interpretar su expresión. Intentó sonar frívola.

–Tengo órdenes de gastarme mucho dinero en cualquier cosa que se me antoje.

–¿Y quién es ese hombre que le da órdenes, señorita Hollis? A mí me parece que debería alejarse de él –le dirigió una sonrisa y ella respondió con otra.

–¿Te he echado whisky en el café sin darme cuenta? –preguntó.

–Puede que quieras sentarte en mi regazo mientras investigas.

Virginia se acercó al escritorio, pensando en el bebé, su bebé, que crecía en su cuerpo.

–Me preguntaba si estarías ocupado esta noche. Me gustaría que hablásemos.

–Virginia –Marcos se inclinó hacia delante y la sentó en su regazo–. Me tienes a tu disposición todas las noches.

–Marcos… –las palabras «deseo más» murieron antes de salir de su boca.

–Nadie sabe lo nuestro, Virginia, así que no te preocupes. Estoy intentando llevarlo lo mejor posible. Mi oficina no se llenará de chismorreos, no lo permitiré.

–Pero no paras de tocarme y la gente se da cuenta.

–Entonces tal vez debería darle a esa gente algo más que hacer.

Virginia se dio cuenta de que estaba tomándole el pelo y se obligó a sonreír. Pero no era divertido. Pronto se darían cuenta de que estaba embarazada.

–Pareces preocupada.

–Tal vez lo de la cena de Fintech no sea tan buena idea –sugirió ella.

–Era parte de nuestro trato.

Virginia tragó saliva y recogió sus archivos. Decidió posponerlo para esa noche. O para el día siguiente. Tal vez nunca.

–La sala de proyecciones está lista.

–¿Tienes tus notas?

–Claro. Y las tuyas.

Salió al pasillo con ella y, a medida que la gente le dirigía miradas de soslayo, la inquietud de Virginia crecía.

Durante la reunión intentó concentrarse en las imágenes de la pantalla. Tablas de ventas con números. Pero Marcos estaba demasiado cerca.

–¿Es por la cena?

–¿Qué? –preguntó ella.

–¿Es eso lo que te preocupa?

–No.

–¿El vestido entonces? ¿Tienes miedo de no encontrar uno que te guste?

–No.

Marcos se inclinó hacia delante y observó sus notas.

–«Tablas de colores» –leyó–. Muy observadora, señorita Hollis. En serio, ¿qué es lo que te preocupa? Cuéntamelo.

Virginia intentó tomar más notas, pero tenía la mente en otra parte.

–¿Te has dado cuenta del estudio de fondos que hemos hecho? –le dijo él cuando ella permaneció callada–. Hemos perdido un poco, pero hemos invertido en metales, y el precio del oro ha subido, así que hemos cerrado con una buena cifra al fin y al cabo.

–Sí, lo comprendo. Pierdes algo y ganas algo. Es como… el juego.

–De hecho es una cuestión de riesgo –dijo él riéndose–. Sopesas los beneficios y el riesgo. Y decides cómo actuar. Puede que pierdas, pero al menos juegas. O puede que ganes… y el premio es maravilloso.

Virginia hizo el ejercicio en su mente. Los riesgos: su trabajo, el respeto en sí misma, su corazón… no, era demasiado. Los beneficios: salvar a su padre y pasar una semana maravillosa con un hombre maravilloso.

Le habría gustado pensar que, si se mantenía fría y distante, no arriesgaría nada. Si se comportaba como siempre, no había razón para que especularan en la oficina. Si ignoraba su aroma, sus labios y sus ojos, y el hecho de que se había enamorado de él, entonces podría conformarse con los beneficios.

Pero ahora había un bebé.

Su bebé.

Y no podría ocultar su presencia durante mucho más tiempo.

Capítulo Once

–¿Se supone que eso es un vestido?

Sintió a Marcos en la puerta y continuó poniéndose el vestido sin dirigirle la mirada.

–¿Hola? ¿La cena de Fintech? –dijo ella–. Dijiste que me comprara algo para deslumbrarlos. Un capricho. El vestido de tus sueños.

–La palabra clave era «algo» –gruñó Marcos–. Eso no es nada.

En mitad de su vestidor enmoquetado, de pie frente al espejo con su vestido de satén verde, Virginia se atusó el pelo y se burló de sus palabras.

–No pienso llevarte vestida así –dijo él.

–¿Perdón?

–Hablo en serio.

–Esto es lo único que tengo. Me he gastado una fortuna. Me dijiste que…

–No me importa lo que dije. Ahora digo que no pienso llevarte a una fiesta donde estará media ciudad con esa… miniatura.

–No seas absurdo, es perfecto.

Marcos la agarró del brazo y tiró de ella.

–¿Sabes lo que pensará cualquier hombre que te vea vestida con eso?

–Creí que era elegante, pero seductor. Si hubiera creído que era…

Marcos la agarró por la cintura y la presionó contra su cuerpo.

–Pensará en arrancártelo con los dientes. Se imaginará tus pechos sin el vestido, y te imaginará tumbada en su cama rodeándolo con las piernas.

Marcos vestido con un esmoquin era el nombre más sexy que había visto nunca. Deseaba rogarle que le arrancara el vestido con los dientes y la lanzara sobre la cama.

Echó la cabeza hacia atrás y pensó en el mes que había pasado haciendo el amor con él.

Por las mañanas. Por las noches. Cuando llegaba a casa del trabajo. Recordaba también las veces en las que él leía el periódico mientras desayunaban. O cuando se afeitaba. O cuando se daba una ducha. Con ella.

No recordaba nada que no le produjese un vuelco en el estómago.

–Estás muy guapo –susurró mientras le acariciaba la mandíbula recién afeitada.

–Te deseo –dijo él. La agarró con fuerza y Virginia fue consciente de su erección palpitando contra su pelvis–. Te deseo durante cada minuto del día y estoy volviéndome loco.

Virginia se quedó con la boca abierta y él la soltó. Apretó la mandíbula y negó con la cabeza.

A ella le costó un gran trabajo mantenerse de pie con el dolor de su rechazo, pero levantó la barbilla con la poca dignidad que le quedaba.

–Esto es lo único que puedo ponerme –abrió las puertas del armario y comenzó a rebuscar entre los zapatos.

–Las perlas tienes que quitártelas.

Virginia se enderezó y se llevó una mano al cuello.

Su padre se había jugado todas las cosas materiales de su infancia y las de su madre. Había apostado el anillo de compromiso de su madre, y los pendientes de perla que hacían juego con el collar que siempre llevaba. Había vendido la ropa bonita, incluso el relicario que le habían regalado a Virginia de pequeña.

–¿Son demasiado anticuadas? –preguntó.

–No te pegan.

Marcos sacó una caja de un cajón. Era azul, con un lazo de seda blanco en la tapa. Cuando desató el lazo con los dedos, aparecieron las letras *Tiffany & Co.*

En pocos segundos había abierto la caja y sostenía en la mano el collar de diamantes más deslumbrante que Virginia había visto jamás.

–Es… precioso –dijo Virginia.

–Es tuyo.

–No puedo aceptarlo.

Pero Marcos se colocó tras ella y comenzó a ponérselo en el cuello. Cuando terminó, le dio la vuelta para mirarla.

–Quiero malcriarte. Es tuyo. Mañana. La semana que viene, el mes que viene, el año que viene. Es tuyo.

Aquélla era su manera de anunciar, a su manera, que era él quien se acostaba con ella. A nadie que la viera le quedaría la más mínima duda. ¿Por qué lo haría esa noche en concreto? ¿Por qué debería ella permitirlo?

–También te he comprado unos pendientes y una pulsera.

–No puedo –insistió ella. Sentía que aquello estaba mal. Era demasiado íntimo. Demasiado personal. Le hacía pensar en cosas en las que no debía pensar. Estaba mintiéndole, o al menos ocultándole algo importante.

Sentía como si el collar fuese una cadena alrededor del cuello; la cadena con la que Marcos la había atado.

–Insisto, Virginia.

–No sé qué decir.

–Entonces ven aquí –dijo Marcos con una carcajada. La arrastró hacia él y la besó con fuerza. Virginia no dijo nada en absoluto, pero su cerebro gritaba: «¡Voy a tener un bebé!».

–Marcos, me gustaría hablar contigo, esta noche.

–Tengo otros planes para esta noche.

Virginia ni siquiera pudo sonreír ante eso.

–Aun así, me gustaría que hablásemos.

–¿De qué se trata?

La preocupación en sus ojos, la ternura de su voz, le hizo desear su amor con más intensidad. No quería desearlo tan intensamente, no quería sentir el vacío que crecía en su interior, darse cuenta de que le faltaba su amor al mismo tiempo que el bebé crecía.

El trato terminaría cuando lo acompañase a la cena de Fintech. Y tal vez ellos también terminaran.

–Después de la fiesta –contestó ella con voz temblorosa.

–De acuerdo –convino él–. De hecho hay algo que también me gustaría comentarte.

En el vestíbulo de aquel rascacielos situado en mitad de la avenida Michigan, Marcos condujo a Virginia a través de la multitud mientras saludaba a unos cuantos.

–Ése es Gage Keller, promotor inmobiliario. Su compañía, Syntax, posee la mitad de Las Vegas actualmente. La joven que va con él es su esposa.

–La segunda, imagino.

–Más bien la sexta –la condujo entonces hacia un grupo de hombres y mujeres de pie junto a una fuente–. La mujer que va plagada de joyas es Irene Hillsborough; posee la colección de arte impresionista más extensa de todo Estados Unidos. Muy estirada.

–Y presumida –añadió Virginia después de que la mujer levantase la cabeza para mirarla y luego apartase la mirada.

–Qué perceptiva –dijo Marcos.

–Allende –un hombre de barba y mediana edad al que Marcos le había presentado momentos antes, Samuel… algo, se acercó a él y le dio una palmada en la espalda–. No hemos visto mucho a Santos últimamente. ¿En qué anda metido ese granuja?

–No lo sé –contestó Marcos–. Puedes preguntárselo más tarde si aparece.

–¿Santos va a venir? –preguntó Virginia cuando se alejaron.

–Aunque sólo sea para molestar, sí –respondió él. En aquel momento una mujer de pelo plateado y mirada extravagante se acercó hacia ellos–. Y ésa es Phyllis Dyer, directora de donaciones y…

–Marcos –dijo la mujer mientras le daba un beso en la mejilla–. Marcos, no sabes lo agradecida que estoy por tu generosidad. Hoy he hablado con el centro Watkinson de niños y todos se preguntaban a qué venían estas navidades adelantadas. Ha sido muy amable de tu parte, como siempre.

Marcos asintió con la cabeza y miró a Virginia.

–Te presento a Virginia.

–Oh, encantada de conocerte –dijo la mujer–. Creo que ésta es la primera vez que tengo el placer de conocer a una de las chicas de Marcos –se acercó más a ella para susurrarle al oído–. Es un buen partido, cariño, ya sabes lo que quiero decir.

–Oh, yo no soy su… De hecho soy su…

Tras un poco más de conversación insustancial, Phyllis se marchó y Virginia miró a Marcos.

–¿Por qué no le has dicho que era tu secretaria?

Marcos le colocó la mano debajo de su brazo y la guió hacia las puertas que conducían a la terraza. No respondió a su pregunta.

Atravesaron la terraza, iluminada con farolillos de gas, y, cuando por fin la soltó, Virginia se apoyó en una barandilla de cemento para mirar hacia la fuente. Una leve brisa agitaba los bonsáis plantados en las macetas de alrededor y le puso la piel de gallina.

Se frotó los brazos sin darse cuenta mientras escuchaba una suave música de piano que sonaba por los altavoces. Las notas no lograban ahogar por completo el suave sonido del agua.

–¿No tienes que dar un discurso? –preguntó tras tomar aliento.

Por el rabillo del ojo siguió sus movimientos mientras dejaba su copa de vino sobre la superficie plana de un banco de piedra.

–Sí.

En un abrir y cerrar de ojos, Virginia se vio arrastrada hacia él, cautivada por la luz de la luna en su rostro y el roce de su mano.

–Quiero bailar, y tenía la sensación de que te negarías si te lo pedía.

–Bailar –repitió ella como hipnotizada.

Él sonrió y le pasó un brazo por la cintura para acercarla más a su cuerpo.

–Estás preciosa, acércate a mí.

Virginia no entendía nada de lo que Marcos le decía en español, pero sentía las palabras profundamente, como si estuviera contándole un secreto que su instinto sabía cómo descifrar.

Envuelta entre sus brazos, cautivada por la música del piano, Virginia se preguntó si volvería a experimentar aquello alguna vez.

–Marcos –dijo a modo de protesta.

–Shh. Sólo un baile.

Sus intentos por soltarse sólo hicieron que Marcos la agarrara con más fuerza. Deslizó una mano por su espalda y la hundió en su pelo suavemente.

–Estoy deseando llevarte a casa conmigo –le susurró al oído.

De pronto brotó en su interior un sentimiento que no se parecía a nada de lo anterior. Un escalofrío recorrió su cuerpo y Virginia hizo un esfuerzo por controlarlo.

–¿Llevarme a casa… como si fuera un animal extraviado? –preguntó. ¿Sería la luna llena? ¿Las hormonas? Jamás hubiera pensado que el amor pudiera ser así. Tan absoluto. Tan poderoso.

–Más bien como el tesoro más hermoso –contestó él riéndose.

–¿De qué querías hablarme antes? –preguntó ella–. Dijiste que también querías hablar conmigo.

–¿No te lo imaginas?

–¿No puedes darme una pista?

–Se trata de nosotros.

–¿Acaso hay un «nosotros»?

–Tú me lo dirás –respondió él mirándola fijamente a los ojos.

«Estoy embarazada de ti». No podía decírselo, necesitaba saber primero qué tenía que decir él.

–Sé lo que una mujer como tú desea –comenzó Marcos–. No puedo dártelo, Virginia, pero me gustaría… –sus palabras se detuvieron al oír un ruido.

Era alguien aproximándose. Virginia tembló cuando Marcos la soltó y el corazón le dio un vuelco al ver a Marissa. Su pelo brillaba y su sonrisa era provocativa. Y de pronto Virginia se sintió muy pequeña y muy embarazada.

Marissa le ofreció su brazo a Marcos como si éste le hubiera pedido bailar.

–Espero no estar interrumpiendo algo –dijo.

Era una mala manera.

Marcos no podía hacerle a Virginia su propuesta allí. ¿Dónde tenía la cabeza? ¿En Allende? No, ni siquiera allí, y le sorprendió darse cuenta de eso.

En algún momento a lo largo del último mes… en algún momento durante un dolor de cabeza, cuando Virginia le había apartado el pelo de la frente y había sabido «el remedio perfecto para quitar ese dolor de cabeza»… en algún momento entre una mañana y otra, mientras bebían café en silencio… en algún momento entre las sábanas, cuando se perdía dentro de ella… entre alguna de esas miles de sonrisas… algo había ocurrido.

Marcos había bajado la guardia. Se había permitido confiar en una mujer por completo, pese a haber jurado no volver a hacerlo. Le había permitido entrar en sus pensamientos hasta hacerle cambiar sus objetivos; hasta el punto de no saber ya si los objetivos eran suyos o de ella.

–Necesito tu ayuda.

Registró la voz suave de Marissa, y aun así no pudo apartar la mirada de Virginia mientras ésta regresaba a la sala atestada de gente.

–¿Podemos hablar dentro?

–Por supuesto –respondió Marissa.

Dentro la orquesta tocaba y las parejas bailaban en armonía al ritmo de la música.

Se dirigió hacia la sala de conferencias al sur del vestíbulo y saludó a varias personas durante el trayecto, aunque sin dejar de controlar a Virginia con la mirada. Tenía la cara medio tapada por el pelo. Su perfil era exquisito, como el de una muñeca.

Al fijarse en su rostro sintió un dolor palpitante que, al contrario que casi todos los dolores que le producía, nada tenía que ver con desearla físicamente.

Cuando asegurase Allende, podría arreglarlo, y podría ayudar a su padre de paso. Le daría a Virginia seguridad, paz y orgullo.

La intensidad con la que deseaba dárselo le resultaba tremendamente sorprendente.

Con gran esfuerzo apartó los ojos de ella e intentó controlar los latidos de su corazón. Un hombre alto, atlético y moreno, con una sonrisa famosa por romper corazones, llamó su atención.

Santos Allende era la única persona en el mundo que no llevaría corbata a un acto de etiqueta.

–Hermano –dijo Santos al verlo.

Marcos asintió con la cabeza, levantó la copa y le presentó a Marissa, a pesar de no necesitar presentaciones. Se odiaban mutuamente.

–¿Qué tal va el negocio del hotel? –le preguntó Marcos sin una pizca de interés.

—Prosperando, claro.

Aunque Santos era irresponsable y salvaje, Marcos no sentía antagonismo hacia él, pero esa noche no estaba de humor para él. Ni para nadie.

—¿Ésa de ahí es la tuya? —preguntó Santos mientras levantaba su copa en dirección a Virginia.

—Sí —confirmó Marcos.

—Entiendo —Santos sonrió y se metió una mano en el bolsillo del pantalón—. ¿Amante o prometida?

—Amante.

Pero su amante protestó ante la palabra.

¿Accedería a ser su amante de manera oficial? ¿Viviría con él? Había vuelto su mundo del revés en poco más de un mes. La deseaba a todas horas, y no sólo sexualmente. Estaba embaucado por ella. Encantado. Absorbido.

—Sería tu primera amante oficial, ¿eh, hermano? No más prometidas después de Marissa.

Marissa volvió a mirar a Marcos.

—¿Quieres decir que no es más que una aventura pasajera?

Marcos dejó la copa en una mesa cercana y dijo:

—A no ser que quieras que te deje en prisión la próxima vez que estés allí, no me presiones, hermanito —luego se volvió a Marissa y frunció el ceño—. Creo que ya hemos jugado suficiente y no estoy de humor para más juegos. Tienes algo que deseo. Las acciones que pertenecían a mi padre. Quiero una cifra y la quiero ya.

«Es sumisa, lo ha sido durante años».

«La vieja amante que exige que la despidan… Allende y Gálvez…».

Al principio le había resultado fácil fingir que no había oído los retazos de conversación. Pero tras oírlos una y otra vez allá donde iba, ignorar los comentarios resultaba imposible.

Le dolía sonreír, y fingir que no estaba oyéndolo. Pero Marcos le había enseñado a fingir bien. Había pasado la noche intentando recordar los nombres de la gente, seguir sus conversaciones y sonreír. Nunca dejar de sonreír.

Pero cuando los susurros se hicieron insoportables, se alejó de un grupo de mujeres y caminó entre las mesas decidida a escapar, a encontrar a la señora Fuller o a Lindsay, pero incluso ellas parecían impactadas por el último cotilleo.

Se detuvo en seco y frunció el ceño cuando un joven se acercó. Medía más de metro ochenta, era delgado, pero musculoso. Se movía con encanto y destilaba carisma. Se detuvo ante ella y ejecutó una reverencia.

–Allende. Santos Allende.

–Virginia Hollis –respondió ella con una sonrisa.

Se acercó a ella, agachó la cabeza y señaló con la copa de vino que llevaba en la mano.

–El bastardo que te está mirando es mi hermano.

–Sí, soy su secretaria. Tú y yo hemos hablado por teléfono.

–Eso no lo mencionó.

–¿Me mencionó a mí?

Volvió a mirar a Marcos, que se alejaba con Marissa, y sintió una punzada de envidia y de furia inesperada.

Cuando Marcos le dirigió la mirada, algo salvaje se apoderó de ella. La cara de su amante era inescrutable; sólo el brillo en sus ojos hablaba de su tumulto de emociones. Y en su mente Virginia no podía dejar de gritar: «¡Todo el mundo lo sabe!».

Era culpa suya, no de él.

Lo había deseado y había apostado por primera vez en su vida. Conocía su aroma, el tacto de su pelo, los sonidos que hacía cuando experimentaba el éxtasis con ella.

Conocía su boca, sus susurros; sabía que dormía poco, pero que se quedaba en la cama junto a ella, observándola.

Sabía que le gustaba colocar la cabeza entre sus pechos, sabía que emitía un sonido de aliento cuando ella le acariciaba el pelo.

Pero no sabía cómo hacer que aquel hombre la amase.

Aquel hombre con todos esos secretos.

Deseaba Allende para destruirla. La deseaba a ella para jugar.

Virginia no era más que su juguete.

—¿La historia empezó antes o después de que te contratara?

Santos hizo la pregunta con tanta despreocupación que Virginia se quedó con la boca abierta.

Él sonrió y se encogió de hombros.

—Lo siento, pero soy muy curioso. Tengo que saberlo.

Con las mejillas ardiendo, Virginia agachó la cabeza e intentó escapar.

—Disculpa.

Con un movimiento rápido y fluido, Santos se puso en su camino y la agarró del codo.

—Marissa lo desea, supongo que te habrás dado cuenta.

—No entiendo por qué crees que eso me importa.

–Ella ofrece algo que mi hermano desea profundamente. ¿Qué ofreces tú?

Virginia frunció el ceño.

–No sabía que esto fuese una competición…

–No lo es –respondió Santos–. Porque creo que tú ya has ganado –se agachó para susurrarle al oído–. Mi hermano es muy leal y, si consigues robarle el corazón, ni diez negocios superarán eso.

Pero Virginia sabía que un negocio en particular, que una mujer en concreto sí podrían. Lo supo cuando oyó aquella misma noche el anuncio de que Fintech absorbería Allende.

Capítulo Doce

Condujeron hacia el ático en completo silencio. Marcos parecía absorto en sus pensamientos y Virginia estaba absorta en los suyos.

Le llevó diez minutos, mientras él llamaba por teléfono a Jack, empaquetar las pocas pertenencias que, por error o no, había dejado en su apartamento.

Estaba más tranquila. Inmóvil en un rincón de la cama, mirando a la puerta y esperando a que Marcos regresara.

Aunque no sabía si las náuseas que sentía se debían al embarazo o al hecho de que no iba a dormir con Marcos por primera vez en más de un mes.

Simplemente no podía seguir así. Cada palabra que había oído esa noche había sido como un latigazo en la espalda; no podía creer que sus compañeros hablasen así de ella. Y por otra parte Marcos, que le había ofrecido un collar, pero no su amor. Y le había dicho a su hermano que ella era su… su…

No.

Se negaba a pensar que pudiera referirse a ella con algún término vulgar. Pero la verdad era la verdad, por muy dolorosa que fuera. Virginia era su secretaria y estaba acostándose con el jefe. No importaba que lo amase antes y que lo amase ahora.

Estaba acostándose con su jefe y nunca la respetarían si seguía haciéndolo. Nunca se respetaría a sí misma.

Tomó aliento y salió del dormitorio para ir a buscarlo.

Lo había oído en su despacho, dándole órdenes a Jack al teléfono, riéndose con él también; no ocultaba su alegría por el trato.

La puerta del estudio estaba entreabierta, así que entró sin hacer ruido.

Marcos estaba sentado tras su escritorio.

–¿Marcos, puedo hablar contigo?

–Estoy muy ocupado, Virginia.

–Marcos, creí que podríamos hablar sobre un tema. Puede que no pase la noche aquí y realmente creo que es importante…

–¿Dios, tenemos que hacerlo ahora? –dejó de escribir en el teclado y se frotó los ojos con las manos–. Lo siento. De acuerdo. ¿De qué se trata?

–Íbamos a hablar de… nosotros –le temblaba la voz al decirlo–. En la cena mencionaste que querías decirme algo.

–¿Y no puede esperar un día?

–No, Marcos, no puede.

Marcos se enderezó en su asiento, entrelazó las manos y se mantuvo callado durante lo que pareció una eternidad.

–¿Qué es lo que querías decirme? –preguntó al fin.

–Mira, entiendo el tipo de acuerdo que tenemos –comenzó Virginia–. Y tal vez estuviera bien durante un tiempo. Pero las cosas cambian, ¿verdad?

Él asintió.

–Marissa, Marcos.

–¿Qué pasa con Marissa?

Virginia se preguntaba si los rumores serían ciertos, si Marissa le habría obligado a casarse con ella para que recuperase Allende.

–Amabas a Marissa. ¿Aún la amas?

–¡No pienso ponerme a hablar de Marissa ahora mismo! –exclamó Marcos.

Pero Virginia siguió.

–Me parece muy vulgar ir saltando de cama en cama, ¿a ti no?

–Extremadamente vulgar –convino él.

Virginia sintió cómo la garganta se le cerraba al empezar a exponerle sus miedos.

–Ella te hizo daño y tal vez tú querías usarme a mí para hacerle daño a ella.

Intentó contener el llano, pero no pudo, y las lágrimas comenzaron a deslizarse por sus mejillas a borbotones. Marcos se levantó y se acercó hacia ella. Cuando la alcanzó, Virginia trató de zafarse de su abrazo y se golpeó la espalda con la pared al intentar escapar.

–No llores –dijo él mientras le secaba las lágrimas con el pulgar–. ¿Por qué lloras?

La preocupación de su voz sólo hizo que las lágrimas brotaran con más fuerza.

–Oh, Dios –dijo ella entre sollozos.

–No llores, por favor, no llores –le besó la mejilla, los párpados, la frente, la nariz. Luego la besó en los labios–. Por favor, dame diez minutos y soy todo tuyo. Por favor, sólo déjame…

Cuando le cubrió la boca impulsivamente, Virginia la abrió para recibir su lengua húmeda y le ofreció todo aquello que no le había pedido y más. Su beso fue ardiente y salvaje, y produjo en ella una violencia sorprendente; algo que hacía que se sintiese poderosa y vulnerable al mismo tiempo.

—Estoy bien —dijo por fin.

—Estás celosa —contradijo él—. No pasa nada. Dime que lo estás.

Ella negó con la cabeza.

—Yo lo estuve cuando bailaste con Santos —admitió Marcos—. Me puse muy celoso —hablaba mientras le mordisqueaba la oreja, y emitía leves sonidos de placer mientras deslizaba las manos por su cuerpo.

—No puedo seguir haciendo esto, Marcos.

Él se detuvo, la levantó y la presionó contra la pared con fuerza.

—¿Ésta es tu idea de llamar mi atención?

—No puedo seguir así. Quiero más.

—¿Qué más quieres?

—¡Más! Maldita sea. Y si no entiendes que no es tu dinero, entonces no voy a deletreártelo.

Marcos se quedó mirándola como si hubiera dicho la peor de las catástrofes. Luego maldijo en español y se alejó mientras se pasaba las manos por el pelo.

—Has elegido un mal momento para compartir tu lista de deseos conmigo.

—No es una lista larga —contestó ella—. Dijiste que hablaríamos, y creo que ya es hora de que lo hagamos.

—¿Pasada la medianoche? ¿Cuando estoy a punto de cerrar el trato de mi vida?

—Siento que el momento no sea el mejor —admitió ella.

Virginia tragó saliva por alguna razón, esperando a que le dijera algo. No lo hizo. Se colocó frente a la ventana, de espaldas a ella.

—Virginia —dijo finalmente, y su nombre sonó como

una amenaza. Hizo que ella contuviese la respiración. Había frustración en sus ojos cuando la miró, y determinación–. Dame diez minutos. Es lo único que te pido. Diez minutos para que pueda terminar y luego tendrás tu revolcón nocturno –se sentó tras el escritorio y comenzó a escribir.

–¿Revolcón? –repitió ella–. Para tu información –dijo con voz temblorosa. Quería lanzarle un zapato a la cara, romper todos los papeles que había sobre la mesa, pero cerró los ojos durante un segundo–… ¡no quiero un revolcón!

Virginia se había imaginado muchas veces cómo sería su ruptura.

Ni en sus peores pesadillas había imaginado algo así.

No podía soportar estar en la misma habitación que él, ni siquiera se atrevía a levantar la mirada y ver su expresión.

Compungida por la ausencia de una disculpa, se tragó las palabras que deseaba decir; cosas dolorosas que sabía que después lamentaría, cosas como que sentía haberlo conocido, haberlo amado, haberse quedado embarazada. Pero no podía decir todo aquello.

–Adiós, Marcos –fue lo único que salió de sus labios.

Y Marcos… no dijo nada.

Pero, mientras Virginia esperaba junto al ascensor, aferrada al asa de su maletín, se oyó un grito en el estudio. Seguido de un fuerte golpe.

El reloj marcaba la una y treinta y tres de la tarde. Marcos no paraba de repetirse a sí mismo que tenía lo que deseaba. Y aun así la satisfacción y la victoria no estaban a su alcance. Tal vez porque lo que realmente deseara fuera otra cosa. O a otra persona.

Ya no sentía la presión; los abogados se encargarían de todo. Allende por un par de millones. Marcos por fin poseía todas las acciones de la compañía; había recuperado todo lo que Marissa le había arrebatado.

Al final no había sido tan difícil; Marissa no tenía nada con lo que negociar. O vendía o se iba a la bancarrota. Tras unas duras palabras por parte de Marcos y algunas lágrimas por parte de ella, finalmente habían logrado perdonarse.

Y con eso todo había cambiado. Al admitir su derrota, le había dado a Marcos la oportunidad de pintar su pasado con un color que no fuese negro.

Se sentía más ligero en ese aspecto. Pero sentía una presión en el pecho.

–¿Me necesitaba, señor Allende?

El corazón le dio un vuelco cuando Virginia entró en su despacho cinco minutos después de que la hubiera llamado.

«Sí, te necesito», pensó. «Y ya no me da vergüenza admitirlo».

–Te marchaste antes de que pasaran los diez minutos –dijo él sin apenas darle tiempo a cerrar la puerta.

Ella se sentó en silencio y le dirigió una mirada de hielo.

–Me di cuenta de que necesitabas tu espacio, así que te lo di.

Notó que parecía cansada. Como si hubiera dormido menos de una hora. Al igual que él.

No comprendía muy bien su rabia. Pero habían

hecho planes de hablar más tarde, habían estado durmiendo juntos tan tranquilamente que no había imaginado que no tenerla consigo aquella noche pudiera afectarle tanto. ¿Eran diez minutos mucho pedir?

–Diez minutos, señorita Hollis. ¿No puede ni siquiera darme eso?

–Estabas comportándote como un imbécil.

–¿Un imbécil? Y esto lo dice una chica a la que he malcriado.

Se puso en pie y comenzó a dar vueltas de un lado a otro del despacho. Deseaba celebrarlo con ella, destacar aquel día tan importante en su vida profesional con algo igual de importante en su vida personal. Pero sentía que primero tenía que arreglar las cosas con ella.

Virginia lo había deseado la noche anterior. Primero él había estado demasiado ocupado con Marissa. Marissa, que le había mentido y engañado. Y que se había vuelto tan insignificante para él que la había perdonado. Después de obtener de ella lo que deseaba.

Y todo gracias a Virginia.

De pronto sintió la necesidad de explicarse, de devolver la chispa a aquellos preciosos ojos verdes.

–Virginia, quiero hacerte una proposición –dijo.

Ella se quedó callada. No era así como había pensado hacerlo, pero tenía que hacerlo. Allí. En aquel momento. Tenía que saber que le pertenecería a él, sólo a él.

Se acercó a su silla y se agachó. Le puso la mano en la rodilla y dijo:

–¿Querrías ser mi amante de forma oficial?

A juzgar por el modo en que Virginia pronunció en silencio la palabra «no», cualquiera diría que la había abofeteado.

–No –repitió en voz más alta.

–No creo que entiendas lo que estoy diciendo –dijo él acariciándole la rodilla hasta llegar a su regazo.

–¡No me toques!

¿Qué diablos le pasaba?

Le agarró la cara con una mano y la miró.

–Cariño, sé que es posible que hayas malinterpretado mi interés en hablar con Marissa, pero te aseguro que sólo era una cuestión de negocios. Es a ti a quien deseo, sólo a ti. Estoy dispuesto a darte…

–¿Qué? ¿Qué me darás? –Virginia se puso en pie y lo miró con odio–. ¿Te das cuenta de que lo único que he estado fingiendo durante todo este tiempo es que no te amo?

El corazón le dio un vuelco. La confesión fue como una bomba en su estómago.

–¿Amor?

Virginia se quedó mirando por la ventana y finalmente le entregó un documento que llevaba en la mano.

–Aquí está mi dimisión.

La dejó sobre las pilas de papeles del escritorio y se dirigió hacia la puerta. Pero Marcos atravesó el despacho como un hombre perseguido por el diablo y la agarró por los brazos.

–Si estás diciendo que me amas –dijo apretando los dientes–, ¡al menos mírame cuando lo digas!

–Suéltame –respondió ella mientras se zafaba.

Marcos la agarró del brazo y le dio la vuelta, pero ella gritó.

–¡He dicho que no me toques!

Temiendo que toda la planta pudiera oírlos, la soltó.

–Me deseas –gruñó.

–No –respondió ella.

–Tiemblas por mí, Virginia.

–Para.

–Me deseas tanto que sollozas de placer cuando estoy dentro de ti.

–Porque finjo disfrutar con tus asquerosos «revolcones».

–¿Fingir? ¿Qué diablos hemos fingido? –la apretó contra su cuerpo a pesar de que se resistía–. Ardemos el uno por el otro, Virginia. Los dos. ¿Acaso no entiendes mis palabras? Estoy pidiéndote que te quedes. Conmigo. Y que seas mi amante.

¿Acaso no se daba cuenta de que jamás en su vida le había dicho eso a una mujer?

–No estoy interesada en ser tu amante.

Cuando Virginia se zafó de él y abrió las puertas, Marcos maldijo en voz baja y se pasó una mano por el pelo. Fue por su chaqueta, se la puso y la siguió hacia el ascensor.

Se metió con ella antes de que se cerraran las puertas.

–¿Tengo dos semanas para convencerte de que te quedes? –preguntó una vez dentro–. Te deseo aquí. Te deseo en mi cama.

–Deseas. Necesitas –la voz de Virginia temblaba de rabia–. ¿Es de eso de lo que querías hablarme? ¿De convertirme en tu amante?

Marcos la agarró por los hombros. Se sentía consumido por la necesidad.

–Di que sí. Dios, di que sí ahora.

Pero el modo en que lo miró no era el mismo de siempre.

–¿Crees que eso es lo que yo deseo? –preguntó ella–.

¿Alguna vez te he dado la impresión de que me conformaría con esa oferta?

Marcos dio un paso atrás. Deseaba demostrarle que no quería castigarla, sino amarla con la fuerza de sus labios, con el calor de su lengua.

–Te quiero –dijo justo en el momento en el que el ascensor llegó al vestíbulo.

Y aquellas palabras que nunca antes había pronunciado no tuvieron el efecto deseado.

Ella se rió con cinismo.

–Eres tan bueno fingiendo que no te creo.

Se dio la vuelta y salió del ascensor.

Perplejo, Marcos apoyó una mano en el espejo y cerró los ojos mientras intentaba encontrarle el sentido al torbellino de emociones que bullía en su interior.

¿Qué diablos había pasado?

Capítulo Trece

Solo en sus oficinas de Fintech, inmóvil en su sillón, Marcos miraba por la ventana.

La decimonovena planta estaba vacía. Eran las tres de la mañana. Pero de ninguna manera regresaría solo a su apartamento esa noche. Su ático nunca había parecido tan frío ahora que Virginia Hollis se había marchado. Las sábanas olían a ella. Había encontrado un lápiz de labios bajo el lavabo y jamás se había sentido tan triste. La soledad era devastadora.

Había salido de su casa y allí estaba, en su santuario. El lugar donde evaluaba sus pérdidas y maquinaba sus regresos. El lugar donde, durante el último mes, había pasado incontables horas mirando al vacío y pensando en una mujer de pelo negro y ojos verdes.

Y ahora miraba por la ventana, cegado por las luces de la ciudad, y se decía a sí mismo que no le importaba.

Se decía que, en un mes, se habría olvidado de Virginia Hollis.

Se decía que aquello era una obsesión y nada más, que aquel dolor que sentía dentro no era nada. Y por enésima vez se dijo a sí mismo que no la amaba.

Pero era mentira. Una farsa.

Virginia había conseguido el dinero que necesitaba. Su trato había culminado en la fiesta de Fintech y él se había quedado con una sensación de pérdida que no lograba quitarse de encima.

«Marcos, te quiero».

No lo había dicho con esas mismas palabras, pero en su mente sí lo había hecho. Y él jamás había oído palabras más dulces, más devastadoras. Porque de pronto deseaba ser un hombre capaz de amarla como se merecía.

La había deseado desde el principio. Era un hombre acostumbrado a seguir a su instinto, y lo hacía sin darse cuenta. Sabía lo que buscaba cuando compraba acciones. Y desde el principio había sabido que deseaba a Virginia en su cama, bajo su cuerpo. Pero ahora, tan claro como el cristal que tenía delante, sabía qué más deseaba de ella.

Lo deseaba todo.

Deseaba un millón de bailes y el doble de sonrisas. Deseaba verla en su cama, verla al despertarse, encontrarla acurrucada a su lado.

La deseaba con un bebé en brazos. Con su bebé. Su mujer. Su esposa.

Había estado solo toda su vida, persiguiendo aventuras sin sentido, convenciéndose a sí mismo de que era suficiente. Todo había cambiado. Casi imperceptiblemente, desde el día en que había contratado a Virginia Hollis.

Ahora le había roto el corazón antes incluso de que ella se lo hubiera entregado.

Salió del despacho y se dirigió al escritorio de Virginia. Sus cosas aún estaban allí. Escudriñó la superficie. Todo ordenado, tan propio de ella. Gimió y se dejó caer en la silla.

Su rechazo le resultaba extremadamente doloroso. Ni siquiera el día en que Marissa Gálvez lo había mirado desde la cama de su padre había sentido tanto dolor.

¿Qué diablos deseaba de él?

Mientras pasaba la mano por la superficie de madera, lo supo. Supo lo que Virginia deseaba. Había estado pidiéndoselo. Había estado seduciéndolo, encantándolo, haciendo que la amara y la necesitara.

Y Marcos ya ni siquiera recordaba por qué no la había creído merecedora de todo aquello. ¿Porque era una mujer, como Marissa? ¿Por qué había pensado que su cama sería suficiente para todo lo que a ella le faltaba? ¿Tan despiadado era que le negaría la posibilidad de tener una familia?

Comenzó a abrir y a cerrar los cajones en busca de algún rastro de ella. Algo, cualquier cosa, que pudiera haber dejado atrás.

Por primera vez en su vida las necesidades de otra persona parecían más importantes que las suyas, y no soportaba la sensación de pérdida que iba apoderándose de él.

Si tuviera una pizca de decencia, si no fuera el monstruo insensible que ella creía, Marcos la dejaría ir.

Y justo cuando estaba seguro de que aquello sería lo mejor, cuando estaba decidido a olvidarse de ella y de los días que habían pasado juntos, encontró las cajas apiladas en el fondo de un cajón.

Y las tres pruebas de embarazo. Todas con el mismo resultado.

—¿Enfermera, mi padre está en el pasillo?

Virginia había sido trasladada a una pequeña habitación privada en el ala oeste del hospital, donde había dormido toda la noche conectada a una vía intravenosa, y aquella mañana la única persona a la que quería ver no había aparecido. Quería irse a casa. Se sentía cansada y sola, y aun así la enfermera seguía retrasando su partida.

–Creo que está fuera –dijo la mujer mientras organizaba las bandejas–. Estoy segura de que entrará enseguida.

Virginia suspiró. Tenía la sensación de haber sido arrollada por un elefante, sobre todo en la zona del pecho y del abdomen. Se llevó la mano al vientre. Era increíble que el corazón del bebé ya latiese. Increíble que, justo cuando ella había abandonado al padre, el bebé había intentado abandonar su cuerpo también.

–¿Virginia?

Virginia se quedó inmóvil al oír su nombre.

Allí, vestido de negro, estaba Marcos Allende, de pie junto a la puerta. El corazón se le cayó a los pies. Su presencia parecía invadir toda la habitación.

–¿Es un conocido, señorita?

El tono de la enfermera dejaba clara su preocupación. ¿Advertiría ella la tensión en al aire?

Virginia asintió, aún asombrada por la visita.

–Muy bien, entonces los dejaré solos.

Cuando la enfermera se marchó, Virginia ya no encontró ninguna excusa para mirar a las paredes en vez de a Marcos.

Si le hubieran disparado un torpedo, el impacto habría sido menor que lo que sintió cuando Marcos la miró. Estaba tan quieto como una estatua.

¿Por qué no se movía? ¿Acaso iba a quedarse allí? ¿Por qué no la abrazaba? ¿A qué había ido allí? ¿Estaría furioso por su dimisión? ¿La echaría aunque fuera un poco de menos?

Virginia aguantó la respiración cuando él habló por fin.

–Temo que esto no servirá.

Su voz profunda y acentuada la inundó como una catarata. Limpia y purificadora.

¿Cómo podía no amar a aquel hombre?

–¿Marcos, qué estás haciendo aquí?

–Tenía que verte –contestó él mientras avanzaba hacia ella. Se inclinó hacia delante y la abrazó.

«He estado a punto de perder a nuestro bebé», pensó ella mientras le rodeaba el cuello con los brazos.

Él respiró profundamente, como si estuviera oliéndola.

–¿Estás bien? –le susurró al oído.

Sólo Marcos podía causar tal impacto con tan pocas palabras. Todo su cuerpo se estremeció ante su preocupación. Pero hubo más. Sólo fue un suspiro, un leve susurro.

–Te quiero.

Virginia sintió un vuelco en el corazón y giró la cabeza hacia la puerta, donde se encontraba su padre. Su rostro era inescrutable; sólo la mirada sombría en sus ojos hablaba de lo que había hecho.

¿Le había dicho a Marcos lo del bebé?

–Me has mentido, me has abandonado, y aun así te quiero –continuó Marcos.

Después del miedo y de la posibilidad de perder al bebé, a Virginia no le quedaba energía. Sólo quería que hablase. Había creído que jamás volvería a sentir sus brazos rodeándola, apretándola con fuerza.

–¿Crees que podremos fingir que los dos últimos días nunca han tenido lugar y empezar de nuevo?

¿Fingir más? ¡Dios, no!

Pero Virginia se negaba a despertar de aquella pequeña fantasía, se negaba a levantar la cabeza, así que se limitó a frotarle el cuello con la nariz.

–¿Y nuestro bebé?

–¿Perdón? –preguntó ella perpleja.

–¿Has perdido al bebé?

Por primera vez desde que Marcos entrara en la habitación, Virginia advirtió el rojo en sus ojos, el nerviosismo en su expresión. Incluso su voz parecía vibrar de un modo extraño.

–¿Qué te hace decir eso? –preguntó ella apartando la mirada.

–Mírame –los hombros de Marcos bloquearon su visión cuando se inclinó sobre la cama. Sintió su aliento en la coronilla mientras le acariciaba el pelo con la mandíbula–. Mírame. Tendremos otro bebé. Siempre he deseado tener uno; y quiero tenerlo contigo –la agarró por los hombros y la obligó a mirarlo–. Cásate conmigo. Hoy. Mañana. Pero cásate conmigo.

–¿Qué quieres decir con otro bebé? –preguntó ella tras varios segundos, y miró a su padre fijamente–. ¿Papá?

–Le he dicho que habías perdido al bebé –contestó su padre tras vacilar unos instantes.

–¿Por qué? ¿Por qué ibas a hacer una cosa así, papá?

–Para que se marchara. Dijiste que no querías visitas.

Durante años Virginia había estado enfadada con aquel hombre. Tal vez si no hubiera cambiado, si no

149

se hubiera quedado embarazada, si no se hubiera enamorado, aún lo estaría. Pero ya no quería rabia ni resentimiento. Quería tener una familia.

Virginia miró a los ojos de Marcos y se incorporó sobre la cama.

–Marcos, no sé qué es lo que te ha dicho, pero te aseguro que estoy bien. Y el bebé también.

Cuando se imaginaba contándole a Marcos lo del bebé, jamás se había imaginado con público, ni teniendo que hacerlo en una habitación de hospital.

Aun así, jamás olvidaría aquel momento.

La expresión de Marcos cambió y se volvió incrédula, luego alegre. Sus ojos se iluminaron como estrellas fugaces.

–¿Entonces sigues embarazada?

Virginia asintió; el corazón amenazaba con salírsele del pecho.

–Ahora me gustaría irme a casa –admitió y, aunque su padre dio un paso al frente para ofrecerle su ayuda, las palabras no iban dirigidas a él.

Virginia miró a Marcos mientras se levantaba de la cama con toda la dignidad de la que fue capaz.

Sus atenciones ya no eran difíciles de soportar. Las deseaba; lo deseaba.

Virginia Hollis conocía a aquel hombre. Lo conocía perfectamente. Sabía que era fiel a su palabra, leal, orgulloso. No necesitaba más que su presencia allí para saber todo aquello.

Cuando por fin se incorporó, le estrechó la mano y sintió aquel hormigueo en el estómago cuando Marcos le dirigió una sonrisa.

–Sí, Marcos Allende. Me casaré contigo.

Epílogo

Se casaron tres meses antes de que naciera el bebé.

Mientras caminaba hacia el altar, con la música inundando las paredes de la iglesia, Virginia sólo tenía ojos para el hombre alto y moreno que la esperaba al final del pasillo.

Estaba segura de que nadie que lo observara sería ajeno al modo en el que la miraba. Y mucho menos ella.

Compartieron una sonrisa. Entonces su padre le soltó el brazo.

Poco después Marcos le quitó el velo de la cara y la miró fijamente a los ojos. Sus manos se encontraron y sus dedos se entrelazaron.

Cuando Marcos dijo sus votos, Virginia sintió que empezaban a escocerle los ojos. Para cuando el cura los declaró marido y mujer, estaba preparada para que la tomara entre sus brazos y la besara.

Y la besó. El cura se aclaró la garganta. Los asistentes aplaudieron y silbaron. Y él seguía besándola.

Virginia por fin respiró tranquila cuando estuvieron sentados en la parte de atrás de la limusina. Se abrazaron el uno al otro y un intenso torrente de deseo recorrió su cuerpo. Había tenido aquella absurda idea de no volver a acostarse hasta estar casados, y se moría por sentir sus caricias.

Mientras se besaban, su marido ya intentaba quitarle el velo.

–Ahí vamos –dijo Marcos–. Disfruta del vestido porque te aseguro que te lo vas a quitar pronto.

Virginia se recostó en el asiento y se acurrucó junto a él.

–Nunca pensé que estos vestidos pesaran tanto –dijo.

–Ven aquí, esposa –respondió él, y la acercó a su cuerpo mientras la limusina arrancaba. Mientras avanzaban, Virginia comenzó a mirar por la ventanilla y suspiró. Era agradable sentir sus brazos alrededor. Era agradable ser su esposa.

Marcos le puso la cabeza sobre su pecho con una mano y deslizó la otra sobre su tripa hinchada. Virginia había observado que, cuanto más crecía, más lo hacía.

–¿Cómo está hoy mi pequeña niña? –preguntó él.

–Vamos a tener un niño –respondió ella–. Un niño guapo y deslumbrante como su padre. Una niña no daría las patadas que da éste, confía en mí.

–Tu hija seguro que sí –dijo Marcos con una carcajada–. Y mi instinto me dice que vamos a tener una niña. Ella dirigirá mi imperio conmigo.

Virginia sonrió contra su pecho y deslizó una mano por su camisa hasta encontrar la cruz que colgaba de su cuello.

–Mi padre sigue preguntando cuántos nietos pensamos darle. Está obsesionado con que al menos quiere tres.

–Oh, cariño –dijo él–. Tu padre puede estar seguro de que trabajaremos en ello día y noche.

–Ha cambiado mucho, Marcos –admitió ella.

–Su trabajo en Allende ha sido impresionante, Virginia. Incluso Jack está asombrado.

–¿Y tú?

–Yo me he visto obligado a decirle: «te lo dije».

Ella se rió y se acurrucó más cerca de él.

–Gracias por creer que la gente puede cambiar. Y por perdonarle por la mentira que te contó en el hospital.

–Sólo estaba intentando protegerte; aún no me conocía, y lo respeto. Tu padre se merecía una segunda oportunidad, Virginia. Todos nos la merecemos.

–Me alegra que haya puesto todos sus esfuerzos en conseguirlo. Y estoy orgullosa de ti por ser capaz de dejar atrás el pasado y salvar la compañía.

Y por estar enamorado de ella.

La banda tocó durante toda la velada y los invitados rieron, bailaron y bebieron. Casi nadie se daría cuenta de que el novio había secuestrado a la novia. Y, si alguien se daba cuenta, a Marcos no le importaba.

Aún no comprendía por qué a Virginia se le había metido en la cabeza la idea de no acostarse hasta después de la boda, pero aún comprendía menos por qué él había accedido.

Pero allí, en la oscuridad del armario, tenía a Virginia justo donde la quería. Entre sus brazos. Se encontraba devorando su cuello mientras deslizaba las manos por su vestido en busca de un acceso, cualquiera, a su piel suave y sedosa.

–¡Cuidado! –exclamó ella cuando Marcos tiró de la cremallera de la espalda y un botón invisible cayó al suelo.

–Ya no volverás a ponértelo –contestó él mientras maniobraba a través de la abertura–. Podría arrancártelo y acabar con esta tontería –deslizó las manos hasta sus nalgas y la presionó contra él–. Ven aquí. Llevas toda la noche atormentándome.

–Qué amable por tu parte haberte dado cuenta.

–Claro que me he dado cuenta –le besó los pechos y utilizó las manos para levantarle la falda.

Virginia lo rodeó automáticamente con las piernas cuando él la presionó contra la pared.

–Eres incorregible –dijo ella, pero Marcos advirtió la sonrisa en su voz y el temblor que indicaba lo mucho que su esposa deseaba ser poseída allí mismo.

–Estoy dispuesto a que me domestiques.

–Por suerte yo estoy dispuesta a afrontar esa tarea. De hecho… ¡No, las bragas no! –se oyó un desgarro y Virginia emitió un grito sordo. Sus dedos encontraron entonces lo que estaban buscando.

–Bingo –dijo.

–Oh, Marcos –deslizó las manos bajo su chaqueta y le cubrió de besos la mandíbula–. Por favor.

Marcos encontró su zona más íntima y la acarició con los dedos.

–¿Por favor qué, chiquitita?

–Ya sabes qué.

–¿Por favor esto?

–Sí, sí, eso. Llevo todo el día queriendo estar contigo –le susurró al oído.

–Qué vergüenza por mi parte –dijo él mientras le mordisqueaba el lóbulo de la oreja–, por hacerte esperar.

–Me encanta lo que me haces.

–No más que a mí, cariño –incapaz de esperar, Marcos se quitó los pantalones, la agarró por las caderas y comenzó a hacerle el amor.

Virginia gimió y se aferró a su espalda.

No importaba lo discretos que intentasen ser, pues gemían y se movían juntos. Marcos cerró los ojos y disfrutó de ella, de su esposa, de su compañera. Cuando Virginia explotó en sus brazos gritando su nombre, él se dejó ir. Le agarró las caderas con fuerza, le dijo «te amo» y gimió de placer.

Pocos minutos más tarde, los novios emergieron del armario. El salón de baile vibraba con la música y las risas. Casi todos los invitados que quedaban eran los más allegados.

Marcos observó que la novia estaba sonrojada y que el peinado que, según ella, había llevado horas, estaba completamente descolocado.

–Estoy segura de que todos sabrán que me has poseído en el armario –dijo ella–. ¿Así es como tratará usted a su mujer, señor Allende?

–Trataré a mi mujer con respeto, admiración y devoción –contestó él con una sonrisa antes de besarle los nudillos.

Con una sonrisa deslumbrante, Virginia se dejó guiar hasta la pista de baile, donde comenzó a sonar una canción lenta.

–Creo que este baile es mío –dijo él–. Y el siguiente también.

Virginia se metió entre sus brazos y apoyó la cabeza en su pecho.

–Eres muy avaricioso, ¿lo sabías?

Marcos sonrió y miró hacia la puerta, donde se encontraba su hermano pequeño.

–Con Santos cerca, no pienso dejarte sola ni un momento.

Virginia se rió.

–Ya me lo ha contado todo. Incluso me ha contado cuando le rompiste la nariz y la barbilla. Te juro que le encanta dejarte como un ogro. Además, parece muy ocupado con las dos acompañantes que ha traído esta noche… y todas las demás a las que intenta conquistar.

Agradecido porque los invitados estuvieran ajenos a ellos mientras bailaban, Marcos aprovechó para deslizar la mano por su espalda y contemplar su tripa.

–¿Cómo te sientes? –preguntó.

–Me siento perfecta –le dio un beso en los labios y lo miró con los mismos ojos verdes que le habían cautivado–. ¿Y tú?

Marcos sonrió y agachó la cabeza para besarla.

–Cien mil dólares más pobre –respondió–. Y jamás me había sentido tan afortunado.

Deseo™

Otra oportunidad para el amor

ROBYN GRADY

Jack Prescott, dueño de una explotación ganadera, no estaba preparado para ser padre. Estaba dispuesto a cuidar de su sobrino huérfano porque debía cumplir con su obligación, pero en su corazón no había lugar para un bebé… ni para Madison Tyler, la mujer que parecía empeñada en ponerle la vida patas arriba.

Pero Jack no podía negar la atracción que sentía hacia Madison y no tardaron en dejarse llevar por el deseo. Pero la estancia de Maddy era sólo algo temporal y él jamás viviría en Sydney. ¿Cómo podían pensar en algo duradero perteneciendo a mundos tan distintos?

¿De millonario solitario a padre entregado?

Acepte 2 de nuestras mejores novelas de amor GRATIS

¡Y reciba un regalo sorpresa!

Oferta especial de tiempo limitado

Rellene el cupón y envíelo a

Harlequin Reader Service®
3010 Walden Ave.
P.O. Box 1867
Buffalo, N.Y. 14240-1867

¡Si! Por favor, envíenme 2 novelas de amor de Harlequin (1 Bianca® y 1 Deseo®) gratis, más el regalo sorpresa. Luego remítanme 4 novelas nuevas todos los meses, las cuales recibiré mucho antes de que aparezcan en librerías, y factúrenme al bajo precio de $3,24 cada una, más $0,25 por envío e impuesto de ventas, si corresponde*. Este es el precio total, y es un ahorro de casi el 20% sobre el precio de portada. !Una oferta excelente! Entiendo que el hecho de aceptar estos libros y el regalo no me obliga en forma alguna a la compra de libros adicionales. Y también que puedo devolver cualquier envío y cancelar en cualquier momento. Aún si decido no comprar ningún otro libro de Harlequin, los 2 libros gratis y el regalo sorpresa son míos para siempre.

416 LBN DU7N

Nombre y apellido	(Por favor, letra de molde)

Dirección	Apartamento No.

Ciudad	Estado	Zona postal

Esta oferta se limita a un pedido por hogar y no está disponible para los subscriptores actuales de Deseo® y Bianca®.
*Los términos y precios quedan sujetos a cambios sin aviso previo.
Impuestos de ventas aplican en N.Y.

Bianca™

El millonario no iba a dejarla escapar tan fácilmente...

Al ver las cautivadoras curvas de Bethany Maguire bajo un precioso vestido de seda, Cristiano de Angelis decidió vivir una noche de pasión con la joven irlandesa. Por su cama ya había pasado una larga lista de bellas herederas, ¿qué más daba una más o menos?

Pero Bethany no era una chica de la alta sociedad, sino una joven estudiante extranjera que estaba cuidando un apartamento de lujo en el centro de Roma cuando se dejó llevar por la tentación de probarse uno de los elegantes vestidos de la propietaria.

No había sitio para ella en la vida de Cristiano y cuando descubrió que estaba embarazada decidió salir huyendo.

Hijo de una noche

Cathy Williams

Deseo™

Siempre enamorados

DAY LECLAIRE

Alex Montoya era el hijo del ama de llaves y lo bastante ingenuo como para enamorarse de la hija del jefe. Después de ser expulsado como castigo, Alex se había convertido en un millonario con un solo objetivo: la venganza. Ahora tenía a Rebecca Huntington justo donde la quería… pagando las deudas de su padre, convertida en su ama de llaves.

Alex se había jurado que no volvería a sentir nada más que frío desdén por la mujer que estaba a su merced. Sin embargo, algunos recuerdos eran difíciles de borrar y, algunos deseos, imposibles de resistir.

Había llegado el momento de su venganza